HELEN WEINZWEIG

Schwarzes Kleid mit Perlen

Quart*buch*

HELEN WEINZWEIG

Schwarzes Kleid mit Perlen

Roman

Aus dem kanadischen Englisch
von Brigitte Jakobeit

Verlag Klaus Wagenbach Berlin

In den Tropen bricht die Nacht überraschend herein. Es gibt keine Dämmerung, keine Vorbereitung auf das Schwinden des Lichts. Eben noch muss man die Augen vor der gleißenden Sonne schützen, und im nächsten Augenblick versinkt bereits alles in Schwärze. In Tikal fand ich kaum Schlaf. Mit der Dunkelheit setzte das Gebell der Pariahunde ein, das die ganze Nacht bis zum Morgengrauen andauerte und dann ebenso abrupt aufhörte, wie es angefangen hatte. An jenem Morgen besichtigte ich früh die Ruinen. Ich schloss mich einer Touristengruppe an und tat so, als gehörte ich dazu, hielt mich aber die ganze Zeit am Rand der kleinen Truppe, um mich auf ein Zeichen hin jederzeit entfernen zu können. Aufmerksam lauschte ich dem einheimischen Fremdenführer, der erstaunlich gut Englisch sprach. Ob er mein Geliebter war? Während ich mit den anderen weiterschlenderte, achtete ich auf die möglichen Anhaltspunkte, die ich mir aus dem *National Geographic*, Band 148, Nummer 6, *Die Maya* eingeprägt hatte.

Coenraad und ich verwenden einen Code für unsere Treffen: Wir benutzen das gedruckte Wort und interpretieren es nach mathematischen Formeln. Unsere Sicherheit liegt in der logischen Regelmäßigkeit von Seiten und Zeilen, die in schlichten numerischen Sequenzen aufeinanderfolgen wie etwa »Zeile zwei nach Seite zwei«, »Zeile vier nach Seite vier« oder manchmal auch »ungerade Zahlen in Folge«. Solche einfachen Absprachen und ein gewisses Maß an Phantasie können den cleversten Agenten in die Irre führen, denn niemand rechnet mit dem Offensichtlichen. Mit Hilfe des Codes kann ich außerdem überprüfen, ob ich am richtigen Tag am richtigen Ort bin und ob die Zeichen für unser Rendezvous günstig stehen. Ich will ein Beispiel skizzieren: Vor zwei Jahren wurde mir im Mayfair Hotel in Washington Band 144, Nummer zwei des *Geographic* ausgehändigt. Auf Seite 246 las ich in einem Artikel über Kormorane zwischen den Zeilen drei, fünf und sieben, dass »balzende Männchen sich heftige Kämpfe liefern, um ein Weibchen anzulocken«. Daraus schloss ich, dass ich vorsichtig sein musste, weil die »Komintern« in der Hauptstadt war, und dass, wie die Dinge lagen, mein Liebster nicht auf direktem Weg zu mir kommen konnte. Meistens funktioniert der Code.

Ich sah mir den Touristenführer genauer an. Er hatte die Größe und Statur meines Geliebten. Dass er braune Augen hatte, während Coenraads eher stahlgrau sind, entmutigte mich nicht. Heutzutage sind Haare, Haut und Augen farblich leicht veränderbar und dienen somit nicht mehr als sicherer Hinweis auf eine bestimmte Identität. Als wir oben an der breiten Treppe zum Tempel des Großen Jaguar ankamen, drehte sich der Touristenführer um und zählte seine kleine Truppe durch. Er sagte, seine Maya-Vorfahren hätten die Wissenschaft der Zahlen perfekt beherrscht. Ich wurde hellhörig.

Für die Maya, fügte er hinzu, seien Vergangenheit und Zukunft ein und dasselbe.

War das an mich gerichtet?

Die Tour endete wieder unten auf dem Großen Platz, wo sie auch begonnen hatte – am Grab des mächtigen Pakal.

Der Touristenführer zeigte auf die gewaltige Steinplatte vor dem Sarkophag und sagte: Wenn der Schatten des Kukulcán quer über den Altar fällt, schändet der Hohepriester eine Jungfrau. Die anderen zerstreuten sich im kühlen Schatten der Bar. Ich blieb zurück. Aber letztlich war er doch nicht Coenraad: Er stand nicht so da wie mein Liebster, unerschütterlich und fest mit dem Boden verwachsen. Wenn ich Coenraad in dieser Haltung sehe, fallen alle Ängste von mir ab. Dann sterben keine Babys, Autos stoßen nicht zusammen, Flugzeuge bleiben auf Kurs, Fahrstuhlmusik verstummt, es herrscht Sicherheit. So erkenne ich ihn immer: an der Art, wie er dasteht und wie ich mich fühle.

Die alte, schwere Sehnsucht in der Nacht. Ich ertrage sie nicht. Ich drehe mich dann oft auf die linke Seite, denn ich habe festgestellt, dass dies die brennenden Bilder in meinem Kopf löscht. Die linke Seite scheint sich mit dem zu befassen, was möglich ist; sie lässt Illusionen verschwinden und zeigt unwiderlegbare Tatsachen. In Tikal war alles teuer. Ich hätte mein Geld zählen sollen. Aber meine linke Seite ließ mich diesmal im Stich. Um mich herum hörte ich trockenes Insektenschaben, und ich musste an unsere Zeit in Celya denken, wo wir den Kakerlaken ein Schnippchen geschlagen hatten, indem wir in die Hängematte gezogen waren. Nachdem wir den Dreh heraus und uns quer darin platziert hatten, wurde die Nacht zu einer der schönsten meines Lebens. Nun musste ich mich mit dem Gedanken anfreunden, dass die Nachricht, die mich nach Guatemala geführt hatte, wohl die vorletzte war und dass die letzte noch ausstand. Ich war versucht, mich wieder auf die rechte Seite zu drehen und das Problem zu verdrängen. Stattdessen legte ich mich auf den Rücken und hoffte, in dieser Stellung einen Kompromiss zwischen Wunsch und Wirklichkeit zu finden. Ich dachte daran, mir die Wartezeit auf Coenraad mit dem Studium der Handwerkskunst in der Region zu verkürzen.

Plötzlich verstummten die Hunde und das Geschabe der Insekten. Offenbar ahnten sie, dass sich etwas anbahnte. Es klopfte an der Tür, und ich sprang auf, um rasch zu öffnen. Ein dürrer Junge stand vor mir, er wollte mich holen. Für einen Nachtpagen war er zu jung. Aber der resignierte Blick aus seinen dunklen Augen war uralt. Unten in der winzigen Lobby zeigte er auf den Telefonhörer, der auf dem Resopaltresen lag, und ging wieder zu seiner Pritsche am Durchgang zur Straße. Er schlief schon wieder fest, bevor ich auch nur *Si?* in den Hörer sagen konnte. Die Telefonistinnen hatten sich noch viel in aufgeregtem Spanisch zu erzählen, bevor Coenraad und ich endlich miteinander sprechen durften.

– Hör gut zu, vergiss die Nachricht.

– Was ist los, haben sie unseren Code geknackt?

– Nein, aber mein Vorgesetzter möchte ihn haben.

– Dann soll er sich selbst einen zulegen, wir haben Jahre gebraucht, um ihn einwandfrei zu beherrschen.

– Er ist mein Chef, ich habe keine andere Wahl.

– Ich will ihn aber nicht hergeben.

– Das liegt nicht in meiner Hand.

– Was will ein Mann in seiner Stellung denn mit einem gebrauchten Code?

– Er hat eine gebrauchte Frau kennengelernt.

– Das ist nicht lustig.

– Nimm's nicht persönlich …

– Wir hatten ihn perfektioniert.

– Ich beantrage ein Abo vom *American Scholar*.

– Zu provinziell.

– Wenn du jetzt wählerisch wirst …

– Nein, schon gut, ich bin mit allem einverstanden, solange es schwarz auf weiß steht.

– In der nächsten Maschine nach Toronto findest du Anweisungen in der Rücktasche deines Vordersitzes.

– Toronto! Dahin kann ich nicht zurück.

– Ist doch nur eine andere Stadt.

– Aber ich wohne da.

– Entweder du akzeptierst oder lässt es bleiben. Dort ist mein nächster Auftrag.

Im Flugzeug durchsuchte ich den Inhalt der Rücktasche meines Vordersitzes, doch so sehr ich meine Phantasie auch bemühte, weder in der Broschüre zum Gebrauch der Sauerstoffmaske noch auf der Karte mit den Notausgängen noch in der leeren Papiertüte fand ich eine verborgene Botschaft. In der auf Französisch und Englisch verfassten Zeitschrift *En Route* sah ich schöne Bilder vom Lake Louise, von Skifahrern in Quebec und Parfümflakons im Duty-Free-Verkauf. Ich blätterte die Zeitschrift durch, bis ich zwischen den Seiten 25 und 26 ein loses Faltblatt entdeckte. Da wir den 25. November hatten, stieg meine Hoffnung: Schließlich hatte Coenraad mich noch nie im Stich gelassen. Es war eine auf billigem Papier gedruckte Broschüre des *Canada First Committee*, ein politisches Traktat mit der Überschrift »Canada First!« In den einleitenden Sätzen wurde Kanada wie eine Mätresse dargestellt, das Wort »abdanken« tauchte auf der ersten Seite gleich drei Mal auf. Für mich war die Botschaft eindeutig: Sie verwies auf König Edward VII. und seine vielen Geliebten und auf König Edward VIII., der abgedankt hatte, und, so schloss ich, auf das Hotel King Edward in

Toronto. Beim Weiterlesen musste ich immer wieder daran denken, dass Coenraad und ich beim Thema Nationalismus, den er entschieden ablehnte, verschiedener Meinung waren. Mein Herz schlug schneller, als ich mir den Augenblick unserer ersten Begegnung in Erinnerung rief: wie sich die Tür hinter ihm schloss, wie er die Tarnkleidung ablegte, unsere wilden Küsse und leidenschaftlichen Umarmungen, der erste rasche Höhepunkt.

Am Malton Airport ebenso wie an allen anderen Flughäfen bin ich nicht imstande, Coenraads Bild in mir heraufzubeschwören. Zum einen ist die Luft zu stickig und verbraucht von den Emotionen und Gedanken anderer Leute. Außerdem machen mich die Abläufe an Flughäfen ganz benommen. Ich stelle mich an, bekomme meine Bordkarte; dann stehe ich beim Zoll an, bei der Sicherheitskontrolle; ich stehe an, damit ich in der Lounge sitzen und warten darf; und wenn ich Glück habe und es keine unerwartete Verzögerung gibt, stehe ich vor dem Besteigen der Maschine wieder in einer Schlange. In Flughäfen verlassen mich meine Sinne: Ich höre die Berieselungsmusik nicht mehr; Gesichter treiben wie im Wasser. Stundenlang lese ich, lese nicht; ich esse, kann nicht essen; ich trinke Tee, Kaffee, Gin. Über den Wolken werde ich, eingesperrt und beengt, in zwei Sprachen für den Notfall aufklärt.

Einmal fragte ich Coenraad, wie er das aushält – die Zeitumstellungen, die langen Stunden der Gefangenschaft. Es liegt an der Kraft, erwiderte er, an diesem Kraftsog, der die Maschine vom Boden zieht. Und wenn die Erde sich neigt und das Flugzeug seinen langen, energischen Aufstieg beginnt, wenn die Autos und Häuser kleiner werden, bis sie völlig verschwunden sind, wenn wir unter einem makellosen Himmel in der Luft schweben – dann gehört diese Kraft mir. Ich spüre dann das Pulsieren der Triebwerke; es erfasst meine Fußsohlen und wandert durch meine Beine bis in die Wirbelsäule; und sofern ich mich nicht gerade mit etwas ablenke, meine Spesenabrechnung mache oder mich in die Zeitschrift *Fortune* vertiefe, bin ich jederzeit bereit, mich auf die Frau neben mir zu stürzen. Ich will vibrieren wie die Flugmotoren.

Sein Geständnis überraschte und rührte mich. So poetisch hatte ich ihn noch nie sprechen hören.

Jetzt stand ich in der Schlange vor dem Ausgang. Man dankte mir dafür, dass ich mitgeflogen war. Dann kam der lange Weg durch endlose verlassene Korridore, eine Rolltreppe hoch, wieder Schlange stehen.

– Was ist der Zweck Ihres Besuches?, fragt ein uniformierter Mann der Einwanderungsbehörde.

Wir leben in seltsamen Zeiten, und ich muss vorsichtig sein. Ich befingere die Perlenkette an meinem Hals, mein offener Mantel gibt den Blick frei auf ein schlichtes schwarzes Kleid. Seit ich nicht mehr ganz jung bin, genieße ich in solchen Situationen einen leichten Vorteil. Ich bemühe mich, eine Mischung aus Verwirrung und Unglück zu verströmen, die den Mann daran hindern wird, mich zurückzuhalten, denn in diesem Zustand erinnere ich ihn an seine Mutter.

Urlaub, erwidere ich.

Noch während er meinen Pass stempelt, taxiert er schon den Nächsten in der Schlange.

Langes Warten auf meinen Koffer, eine Schlange am Zoll und schließlich die letzte am Bus. Der Flug von einem Teil der Welt in einen anderen ist still und unmerklich verlaufen. Meine Reise hat niemanden gestört.

Erst als ich im Bus am Lakeshore entlangfuhr, erwachte ich langsam aus meiner Trance. In diesen grauen Wassern hatte ich schwimmen gelernt. Es wird nicht einfach sein, in dieser Stadt unerkannt zu bleiben, wo ich 1942 vor der Bibliothek in der St. George Street über den ordentlichen Stempel des Bauunternehmens *Felucci* den Namen *Lola* in den feuchten Beton geritzt hatte. Während die Autos an mir vorbeirasen, sehe ich Lola (das ist nicht mein richtiger Name) vor mir; sie fährt Rollschuh vor Wolkenkratzern, lehnt an Straßenschildern. Ich sehe sie in ihren schlecht sitzenden Kleidern und lächerlichen Mänteln. Ich bedaure das Mädchen, das (noch immer) durch düstere Straßen streift, mit zwei oder drei Büchern aus der Bibliothek, die sie gelegentlich vom linken in den rechten Arm legt und wieder zurück. Manchmal hält sie die Bücher auch mit beiden Armen wie einen Schild vor der Brust. Sie und ihre Bücher gehören zusammen, denn solange sie sie bei sich hat, ist sie sicher. Die Autoren der Bücher werden ihre Vertrauten und beschützen sie vor Verrat. In den Jahren, in denen ich sie vor mir sehe, bleibt sie blass und dünn, scheint kaum zu wachsen; ihre Brüste werden nur unmerklich größer, auch wenn sie kurz nach ihrem dreizehnten Geburtstag einen Büstenhalter trägt, um ihre Brustwarzen zu verbergen. Ich sehe, wie sie die breite Straße mit den Lebensmittelläden und Fischmärkten, den Kurzwarenhandlungen und kleinen Fabriken verlässt und in Richtung Süden geht (immer gen Süden), wo die schmalen, nur durch Abflussrohre getrennten Häuser unbeleuchtet und die Türen fest verschlossen sind. Die schweren Türen aus massivem, dunkel geflecktem Holz sitzen fest in ihrem Rahmen. Einem dieser Häuser nähert sie sich. Die Tür gibt einem kräftigen Stoß ihrer Schulter nach. Alle, die hier wohnen, neigen zu gewalttätigen Auseinandersetzungen und verzweifeltem Schweigen, Wut und Ärger sind ihnen nicht fremd. Manchmal sind die Leute so etwas wie Verwandte; oder es ist ein schottisches Ehepaar, und der Mann arbeitet in einem großen Turnierreitstall. Das Haus riecht nach Pferdemist, aber nicht unangenehm. Eine Zeitlang gehört das Haus einem dicken Mann, der beinahe ihr Stiefvater wird. Häuser mit drei Küchen, einer Toilette und vielen Matratzen. Ich sehe sie die dunkle Treppe hochsteigen. Wie aus dem Nichts taucht jemand auf, um die Tür hinter ihr abzuschließen – der einzige Hinweis darauf, dass ihre Rückkehr bemerkt wurde. Sie steigt weiter die Treppe hoch, in den zweiten Stock oder in den dritten; zwei Winter lang sieht man sie durch den Flur zu einem unbeheizten Anbau hinter der Küche gehen, wo ihre Pritsche inmitten von Kartoffeln und Zwiebeln steht. Ihre unberechenbare Mutter neigt zu hysterischen Anfällen, und sie ziehen oft um. Im Augenblick schläft ihre Mutter tief, sie schnarcht, ist erschöpft. Während ich beobachte, wie das Mädchen immer wieder die Treppe hochsteigt, wird sie vom Kind zur jungen Frau, wechselt von der Pritsche auf ein Sofa, in ein Bett. Niemand hat ihren Namen ausgesprochen. Niemand hat gute Nacht gesagt.

Die ersten wenigen Minuten in einem Hotel verlaufen überall gleich. Die Reihenfolge geht so: Ich nähere mich der Rezeption und trage den (falschen) Namen in meinem Pass auf dem Meldezettel ein. Als Wohnsitz gebe ich außer in New York immer die Adresse der Vereinten Nationen an. Bei Beruf schrieb ich früher in die dafür vorgesehene Zeile *Ehrenamtliche Mitarbeiterin*; später blieb ich dann aus einer vielleicht kindischen Art von Selbstbehauptung heraus bei der Wahrheit: *Treffen Coenraad*. Wenn man schon ein deprimierendes Leben führt, fällt es schwer, diese Zeile freizulassen. Der Stift verharrt in der Luft. Eigentlich ist es völlig egal, was ich auf den Zettel schreibe. Den Angestellten interessieren nur die Zahlen in meinem Pass und auf meiner Kreditkarte. Meine Unterschrift, *Lola Montez*, soll den Wahrheitsgehalt der oben gemachten Angaben bestätigen. Ein Handdruck auf eine Glocke ruft einen Pagen herbei, er bekommt meinen Zimmerschlüssel und nimmt meine einzige Tasche. Ich folge ihm nicht, sondern warte. Ich stehe stocksteif da, gespannt. In dieser Pause des gewohnten Ablaufs entsteht eine Verbindung zwischen dem Angestellten und mir. Erst nach kurzem Zögern und einem nochmaligen Blick auf meine Meldekarte dreht er sich zu den Postfächern an der Wand um und entdeckt zu seiner Rechten einen versiegelten braunen Briefumschlag mit meinem (falschen) Namen, den er mir schweigend überreicht. Sobald in meinem Zimmer alle Schlösser und Riegel an ihrem Platz sind, reiße ich den Umschlag auf, hole die Ausgabe des *National Geographic* heraus und suche darin die (verschlüsselte) Botschaft von Coenraad. In dem Umschlag befindet sich außerdem ein kleinerer Umschlag mit Geld in der Landeswährung.

Dies ist der Moment, dem ich immer entgegenfiebere – der herrliche Augenblick, wenn ich die Nachricht für unseren nächsten Treffpunkt erhalte. Ich packe meine Tasche ein und packe sie aus; ich gehe zu Flughäfen, Busstationen und Bahnhöfen; ich schlottere vor Kälte oder schmore in der Hitze; ich leide Hunger oder übergebe mich in öffentlichen Toiletten. Manchmal reise ich um den halben Globus, um eine Botschaft zu enträtseln, die mich am nächsten Tag zum nächsten weit entfernten Ziel zitiert.

An jenem Abend im King Edward Hotel befand sich eine lange Menschenschlange – irgendeine Tagung – zwischen mir und meinem Umschlag. Männer mit Rollkragenpullover und Pfeife, Frauen in Hosen mit Schultertasche, alle mit Namensschildern aus Plastik über der linken Brust. Wer nicht in der Schlange stand, schlenderte umher; die Frauen gingen nah an die Männer heran, um die Namen zu lesen, die Männer hingegen hielten Abstand zu den weiblichen Brüsten und senkten, wenn nötig, den Kopf ein wenig beim Lesen. Ein gehetzter Angestellter rief nach Verstärkung, und aus einem Büro hinter ihm, das beim Öffnen der Tür kurz zu sehen war, trat eine junge Frau und gesellte sich zu ihm. Die Warteschlange baute sich nur langsam ab. Sie hatten es nicht eilig, auf ihre Zimmer zu kommen, diese geschwätzigen Männer und Frauen, die sich, so stellte ich mir vor, durch ihre (vorübergehende) Erlösung vom trockenen Akademikerdasein angenehm erregt fühlten. Später erfuhr ich, dass es sich um Botaniker handelte. Langsam kam ich in der Schlange voran. Als mir endlich der Umschlag ausgehändigt wurde, fand ich ihn beängstigend dünn. Um meine Panik zu verbergen, setzte ich eine weltverdrossene Miene auf, gab mich von allem in der Umgebung gelangweilt und folgte dem Hotelpagen, den Mantel locker über die Schultern gehängt, als wäre es ein Nerz.

Ich blieb in der offenen Tür stehen, während er sämtliche Lichter einschaltete, die Heizung regulierte, die Vorhänge aufzog, den Fernseher anmachte und auf die Handtücher im Bad zeigte. Ich gab ihm ein Trinkgeld, das ich schon bereithielt, verriegelte die Tür, schaltete die Plastiklacher im Fernseher ab. Beim Aufreißen des Umschlags zitterten mir die Hände. Der Inhalt schien an den Seiten zu kleben. Mit Daumen und Zeigefinger zog ich ein vierseitiges Faltblatt heraus, das sich als Bericht über das Ulmensterben entpuppte, nachgedruckt aus dem *Canadian Journal of Botany* (Band 6, Nummer 4). Auf dem Titel war das Foto eines einsamen Baums mit kahlen Ästen vor einer öden Landschaft. Unter dem Bild stand das Wort *Opfer!* Sprachlich war der Text erstaunlich emotional gehalten, mit Anspielungen auf Tod, Sterben, Schmarotzerpilze, tödliche Krankheiten, Siechtum, Endzustand, *in extremis*, dem Untergang geweiht, Hoffnungslosigkeit. In dieser Fülle des Verfalls wurde erwähnt, dass noch kein Retter der Ulme in Sicht sei. Es gab nur einen Hoffnungsschimmer: *… eine neue Art, bekannt als Quebec Ulme …, die dem Pilz widersteht …*

Was sollte ich aus alldem schließen? Vielleicht wollte Coenraad, dass ich mir unsere problematische Situation bewusst machte und die entsprechenden Schlüsse aus dem Text zog. In dieser Hinsicht bewundert er meine Intelligenz. In einem *Geographic*-Artikel über die Freiheit der Berbernomaden in der Sahara zum Beispiel war ein Bild von einem kleinen, ungefähr zehnjährigen Mädchen, das hingebungsvoll der idyllischen Beschäftigung nachging, einen mit Ziegenmilch gefüllten Hautsack hin und her zu schwenken, bis die Milch zu Butter wurde. Mir fiel auf, dass sie blind war, obwohl im Text nichts von ihrer misslichen Lage stand. Meine Auslegung führte mich zu einer Klinik für blinde Kinder in Tanger, an der Coenraad als Geschäftsmann für eine Arzneifirma tätig war. Trotzdem blieb die Frage: Wo lag im Problem der aussterbenden Ulmen seine Botschaft an mich? Ich zählte die Wörter in einer Zeile, die Zeilen auf einer Seite; die Zahl der lateinischen Begriffe. Nichts erschloss sich mir. Meine wachsende Angst wich der Müdigkeit. Vielleicht würde ich am nächsten Morgen klarer denken.

Weil ich oft alleine schlafe, habe ich mir angewöhnt, Literatur über die Orte unserer Treffen zu lesen. Die Verwendung des *National Geographic* als Code stellte sicher, dass ich am ersten Abend in einem fremden Bett immer etwas zu lesen hatte. Außerdem konnte ich mich mit dem Ambiente unseres Stelldicheins vertraut machen, sodass ich Coenraad, falls wir undercover bleiben mussten, wie es so schön heißt, mit Geschichten über die Region unterhalten konnte. In Bangkok erzählte ich ihm, dass jedes Grundstück einen Geist besitzt. Wenn man ein Haus baut, darf man diesen Geist nicht vertreiben, weil das Unglück bringt. Man schenkt dem Geist also ein eigenes Zuhause, draußen, in der östlichen Ecke.

Einmal gingen unsere Meinungen über die Deutung des Hochzeitsritus in Botswana völlig auseinander. Um ihre Demut zu beweisen, tanzt die Braut mit nacktem Oberkörper vor dem Bräutigam. Die in ihrem Haar befestigte Gallenblase eines Ochsen soll Glück symbolisieren, und als Zeichen ihrer Bereitschaft zum Eintritt in einen anderen Clan ergreift sie zwei schmale Speere und ein Messer. Während die untergehende Sonne die Mdzimba-Berge färbt, beobachtet der Brautvater, König Sabhusa, schweigend den langsamen Tanz, der von einem eindringlichen Trauergesang begleitet wird. Mein Geliebter meinte, weibliche Demut sei ein guter Anfang für eine Ehe; ich hingegen fand, das Klagelied zeuge von Angst vor der Zukunft. Am Tag vor einer chassidischen Hochzeit, erklärte ich ihm, würden Frauen angeheuert, um den ganzen Tag zu weinen.

Nach diesem Vorfall prägte ich mir nur noch unverfängliche Geschichten ein. Hätten wir uns in Tikal getroffen, dann hätte ich eine Geschichte wiederholt, die ein Priester und praktizierender schwarzer Magier aus dem Dorf Xcobenhaltun erzählt hatte. *Ich wurde von den Göttern gerufen, bevor ich geboren wurde. Als meine Mutter mit mir schwanger war, tat mein Vater ihr etwas Schlimmes an, und ich erschlug ihn aus dem*

Mutterleib heraus. Und jedes Mal, wenn ich die Zeitschrift allein in einem Hotelzimmer las, sah ich vor mir, wie Coenraad mit seinen kantigen Fingern dieselben Seiten umblätterte und dieselben Zeilen las. Ich stellte mir vor, wie er mit gezücktem Stift über die Stelle mit der Botschaft nachdachte und die Zeitschrift dann in den Umschlag steckte, den ich vor unserem nächsten Rendezvous abholen würde. An diesem Abend ließ ich den botanischen Artikel auf den Boden fallen. Ich hatte keine Lust, noch einmal vom Tod der Ulmen zu lesen.

Ich war jetzt bereit für den letzten Teil meines abendlichen Rituals. Unter einem kleinen Lichtkreis auf dem Nachttisch lag mein Postkartenstapel, den ein breites, offenbar überdehntes Gummiband zusammenhielt, denn es riss, als ich es entfernte. Zuerst mischte ich die Karten. Dann lehnte ich mich in die Kissen zurück und zog wahllos drei heraus.

Die erste zeigte ein sepiafarbenes Foto von einer Reiterstatue. Es war die einzige Karte, die mich an das Paralelo Hotel in Barcelona erinnerte. Mitten in der Nacht hatte jemand an die Tür geklopft, ich hörte Flüstern im Flur und wurde freundlich aufgefordert, mich rasch anzuziehen, wir müssten auf der Stelle gehen. Bei unserem hastigen Aufbruch schnappte ich mir in der Lobby noch schnell eine Postkarte aus dem Ständer auf dem Tresen. Zwei Prostituierte in engen Röcken und Blusen wie aus einem Fellini-Film, die ihre Beine und Brüste freizügig offenbarten, kamen gerade mit ihren Freiern herein und quittierten meinen Diebstahl mit ungläubigen Blicken; während die beiden Männer scherzten und lachten, starrten mich die Frauen weiterhin an, bis sich die Fahrstuhltür vor ihren missbilligenden Blicken schloss.

Ich erinnere mich noch gut an die Einzelheiten unserer leidenschaftlichen kurzen Begegnung in Barcelona, aber sie stimmen mich nicht froh. Vielleicht lag es an meinem Unbehagen in diesem schäbigen Hotel. Wasser tropfte von den Wänden, das Bettzeug war feucht. Der Krieg in Vietnam war nicht allzu gut gelaufen. Vermutlich waren strengere Sicherheitsvorkehrungen angeordnet worden, denn seit Kurzem trafen wir uns nur noch in Arbeitervierteln. In diesem luftlosen, beengten Zimmer, mit dem gesprungenen Bidet gegenüber dem durchgelegenen Bett, stieg eine Ahnung in mir auf, ein Gefühl wie in der Kindheit, wenn etwas nicht in Ordnung war oder wenn ich unwissentlich etwas angestellt hatte, dem eine baldige Bestrafung folgte, in deren Verlauf man mich von meiner Missetat in Kenntnis setzte.

– Ich möchte ein Kind von dir, platzte ich heraus.

– Gütiger Himmel, wozu denn das!

– Damit mich unser Kind immer an unsere Liebe erinnert, ganz gleich, was passiert.

– In Hiroshima hast du gesagt, es mache dir Angst, Kinder in die Welt zu setzen, es sei eine schreckliche Verantwortung.

– Das habe ich ganz vergessen.

Es war stickig im Zimmer. Die untere Hälfte des einzigen Fensters wurde von einer defekten Klimaanlage blockiert, die obere Hälfte ließ sich nicht öffnen. Die Tür war natürlich verschlossen. Und dann musste ich Coenraad beim Leben der Kinder, die ich schon habe, schwören, dass ich nicht schwanger war und es auch niemals so weit kommen lassen würde. Nicht von ihm.

Jetzt reg dich nicht auf, fügte er hinzu. Dann trat er zurück, sah mich lange an und hielt mir eine kurze Predigt darüber, dass Frauen Männer in die Falle locken, indem sie Kinder kriegen. Ich glaube, er benutzte das Wort *unterjubeln*.

Trotz meines Versprechens trug Coenraad danach stets ein Kondom, eigens dafür konzipiert, sagte er, um meine Lust zu steigern. Die genaue Beschreibung auf der Packung erwähnte 148 Lustpunkte und elf Ringe. Manchmal fragte ich mich, ob der wahre Zweck vielleicht doch nur Schutz vor Betrug war.

Den Rest dieser kurzen Nacht verbrachten wir bei angenehmer Musik. Coenraad telefonierte mit der Rezeption, und wenig später erschien ein junger Mann mit einer Gitarre. Er stimmte eine Melodie an, als wolle er Coenraad auffordern, das Bouquet des Instruments zu genießen. Ziemlich lange stellte er seine Virtuosität zur Schau, bevor er Coenraad mit ein paar letzten kraftvoll angeschlagenen Akkorden und einer tiefen Verbeugung die Gitarre übergab. An diesem Abend diente das Instrument nicht als Requisit wie seinerzeit das Kornett in einer schwülen Nacht in New Orleans. Coenraad spielte wunderbar, mit viel Rubato und indem er die Melodie am Ende jeder Phrase verführerisch akzentuierte. Dann spielte er aus dem Gedächtnis *Recuerdos de la Alhambra* von Tarrega und sah mich dabei die ganze Zeit an, bis mir die Tränen kamen, weil es so schön war.

Als hätte er das Klopfen an der Tür geahnt, sagte Coenraad um zwei Uhr morgens zu mir:

– Dir ist klar, wenn kein Umschlag von mir da ist, heißt das, ich kann dich nicht treffen.

– Du meinst, dann ist dir etwas zugestoßen!

– Nicht unbedingt. Egal aus welchem Grund, es bedeutet nur, dass ich dich nicht treffen kann.

– Nicht kannst oder nicht willst?

– Das kommt aufs Gleiche raus.

Der abgebildete Reiter auf der gestohlenen Postkarte verlangte meine Aufmerksamkeit. Auf der Rückseite stand in drei Sprachen, dass er ein katalanischer König war, *Ramon Berenguera*. Mit nach hinten geworfenem Umhang saß er rittlings auf seinem Pferd, aufrecht und gebieterisch, und hielt die Zügel mit einer behandschuhten Hand, die andere hatte er zum Befehl erhoben. Der Bildhauer hatte ihm einen Ausdruck der Überlegenheit ins Gesicht gemeißelt. Diese vornehme Miene, das wusste ich, konnte sich rasch in Zorn verwandeln. Sie erinnerte mich an Zbigniew, meinen Ehemann.

Ich zog schnell die nächste Karte.

Beim Betrachten der zweiten Postkarte fragte ich mich, ob ich meinen nächtlichen Schlaf auf diese Weise weiter riskieren sollte, zumal jede Karte nur Trostlosigkeit verhieß. Das Haus, in dem Christopher Columbus seine Kindheit verbracht hatte, erinnerte mich an meine Stimmung damals in Genua. In den schäbigen Gassen begegneten mir finster blickende Männer und Frauen. Selbst die Kinder auf dem Weg zur Schule gingen langsam und schwer. Und auch das gänzlich in Schwarz gekleidete Zimmermädchen in meinem Hotel hielt den Kopf stur über einen Armvoll Wäsche geneigt und weigerte sich, mich anzusehen. Aber ich merkte, dass sie mir hinterherschnüffelte, und vermutete, dass sie den Inhalt meines Koffers untersucht hatte. Mein zweites schwarzes Kleid dürfte sie wenig beeindruckt haben: Schwarz musste sie ohnehin tragen. Wahrscheinlich war sie arm, überarbeitet, ernährte weiß Gott wie viele Kinder und kam abends in ein Zuhause mit ungemachten Betten. Ich bot ihr ein paar Nylonstrümpfe an. Sie nahm sie wortlos und mit gleichgültiger Miene entgegen. Gleichgültigkeit, egal bei wem, kann ich grundsätzlich nicht leiden.

Ich tröstete mich mit Parfüm; sie durchschaute mich: Ich war einsam. Außerdem spürte sie, dass ich weder genug Geld noch Stil oder sonstwie das Zeug dazu hatte, ihr überlegen zu sein. Auf Italienisch fragte ich sie nach ihrem Namen und nannte ihr meinen. Sie machte weiter das Bett und ersetzte glatte saubere Laken durch glatte saubere Laken, ohne auch nur einmal aufzublicken. Irgendwie war ich ihr im Weg, obwohl ich mit hochgelegten Füßen auf einem Sessel in der Ecke saß. Im Bad blieb das schon zu einem Scheibchen geschrumpfte Stück Seife in seiner Pfütze liegen. Ich sagte mir, du hast nicht mal den Mumm, dir zum Beweis deiner Unabhängigkeit ein normal großes Stück Duftseife zu kaufen. Heute Abend wirst du dich so gut es geht mit dem letzten Rest der Hotelseife waschen und das auch noch mit den Händen, weil die Handtücher und Waschlappen entfernt und nicht ersetzt wurden. Man hat dir nur ein kleines Stofftuch für das Bidet zurückgelassen. Du verdienst es nicht besser, wenn sich das arme Mädchen durch deine mangelnde Autorität dazu aufgefordert fühlt, die dir zugeteilte Seife zu stehlen. Warum setzt du dich nicht durch und verlangst, was dir zusteht, damit ihr euch beide mehr achten könnt? Stattdessen tat ich so, als würde ich lesen.

Am Morgen nach Coenraads Besuch trödelte dasselbe Mädchen in unserem Zimmer herum. Während sie das zerknitterte fleckige Bettzeug wechselte, lächelte sie und blickte gelegentlich auf. Plötzlich ein explosionsartiger Redeschwall. Ich antwortete ihr nicht, weil ich mit leerem Blick am Fenster stand, taub für alles, bis auf die nachhallenden Koseworte der letzten Nacht. Sie führte mich zu einem Sessel und setzte mich behutsam hinein. Als sie das Zimmer verließ, ging sie rückwärts und hielt die Bettwäsche in den Armen. Im Bad lagen zwei eingewickelte Seifenstücke, zwei

Waschlappen und vier große Handtücher. Zu spät. Ich wollte mir all die Säfte und Gerüche bewahren. Ich wollte mich nie wieder waschen.

Die letzte Postkarte an diesem Abend zeigte den Aberdeen Harbor in Hongkong, auf dessen Wassern eine einzige Masse von Dschunken und Sampans und zwei zinnoberrot gestrichene Restaurants dahintrieben. Ich erinnerte mich, dass ich nur Zeit für eine fünfminütige Fahrt auf einem Sampan hatte und von einer kleinen, dünnen Frau undefinierbaren Alters chauffiert wurde, die sich nur auf das Wasser konzentrierte und deren kleine Kinder in einer Ecke kauerten, sodass ich immer wieder in drei vorwurfsvolle Augenpaare starren musste. Obwohl es nur ein kurzes Erlebnis war, bilde ich mir ein, viel über Leute zu wissen, die ihr ganzes Leben auf einem winzigen offenen Boot verbringen. Auch der junge Mann in unserem Hotel, zuständig für den elften Stock, war auf einer Dschunke zur Welt gekommen und dort aufgewachsen. Er erzählte mir viele Geschichten an den trägen Nachmittagen, wenn wir Tee trinkend an seinem Tisch gegenüber den Fahrstühlen saßen.

Im Hongkong Hilton startete ich einen neuen Versuch, mir in Coenraads Leben einen festeren Platz zu verschaffen. Eines Abends standen wir Arm in Arm am Panoramafenster hoch über dem Hafen und beobachteten die roten und grünen und weißen Lichter der Fährschiffe und Dampfer und der 7. US-Flotte. Ich dachte gerade an die Sonntage zu Hause, wenn Zbigniew aus dem Reitstall zurückkam, seine Gerte neben den Kamin hängte und es sich mit den Zeitungen der Woche gemütlich machte. Die Erinnerung an alles, was dann folgt, an jedem Sonntag des Jahres, Jahr um Jahr, ließ mich schaudern. Ich verkündete meinem Liebsten an Ort und Stelle, dort am Fenster, dass ich bereit sei, nach Boston zu ziehen. Vielleicht, irgendwann … könnten er und ich …? Er wandte sich mir zu und sah mich mit schmalen Augen an, die Hände vor der Brust aufeinandergelegt. Er verbeugte sich.

Es steht geschrieben, dass ein einziges Treffen zehn Trennungen aufwiegt. Aber eine Trennung ist folgenschwerer als zehn Treffen. Denn wenn Liebende sich an feste Zeiten halten, werden Treffen und Trennungen so banal wie das Einkaufen im Supermarkt.

Zum Glück kann ich Ausflüchte als Antwort verkraften. Andernfalls befänden wir uns in einem Tennismatch von Vorwürfen und Verweigerung, Verweigerung und Vorwürfen, hin und her, ohne Ende. Trotzdem wünschte ich, er würde meinen Standpunkt überdenken. Ein direktes *Ja* oder ein *Nein*. Ich bin es leid, ständig deuten zu müssen. Aber eine leise Ahnung ermahnt mich, keine Ultimaten zu stellen. Meine Niederlagen sind zahlreich genug, ich muss nicht noch mehr herausfordern. Wahrscheinlich sagte ich:

– Wie du weißt, lebe ich in einem schönen Haus. Es steht in einem schönen Stadtteil von Toronto. Ich hasse Unordnung. Bevor ich weggehe, mache ich jedes Mal die Schubladen sauber und räume sie auf. Die Wäsche ist gemacht; die Pflanzen sind gegossen. Wenn ich das Haus verlasse, ist es immer in Schuss. Mir fehlt das Aufräumen.

Vielleicht erwiderte er:

– Meine Arbeit ist gefährlich, aber nach zwanzig Jahren bei der Agency erwartet mich eine gute Pension. Wahrscheinlich fange ich an, Golf zu spielen, wenn ich mich zur Ruhe setze. Die Kinder sind dann aus dem Haus, und vermutlich werde ich einsam sein, aber vielleicht gibt es dann ja Enkel. Ich freue mich darauf. Habe ich dir schon erzählt, dass Elfrida eine Woche nach ihrer Abschlussprüfung im Juni heiratet?

Plötzlich knallt eine Tür zu, und ich bin wieder elf Jahre alt. Es ist Februar, ich stehe im kalten Regen. Die Hauswirtin lehnt am Türrahmen und sagt: Du wohnst hier nicht mehr, geh deine Mutter suchen. Dann schlägt sie die Tür zu.

In unserer Begierde hatten Coenraad und ich uns so schnell ausgezogen, dass unsere Sachen im ganzen Zimmer verstreut lagen. Ich fing an aufzuräumen. Ich stellte Schuhpaare unter das Bett, hängte seinen englischen Anzug auf, eine graue Flanellhose mit blauem Blazer. Ich legte seinen Zylinder auf die Kommode. Ich faltete, hängte auf und strich glatt, bis wieder Ordnung herrschte. Erst dann konnte ich mich den Freuden in diesem Hotelzimmer widmen.

Doch trotz Coenraads leidenschaftlichen Umarmungen, trotz Küssen und Zärtlichkeiten, trotz allem war ich in Gedanken nur bei der Einrichtung des Zimmers. Ich starrte auf das Walnussfurnier der Kommoden, den Lichtpunkt in der Fernsehscheibe, die schwedische Kugellampe an der Decke und die fünf verschieden großen, strategisch im Raum verteilten Chromleuchten. An der gegenüberliegenden Wand hingen drei Aquarelle auf Reispapier – Lotusblüten im Regen, zwei kleine Vögel auf einem verschneiten Ast und ein Bambushain –, die im Takt mit Coenraads auf- und abwippendem Körper erschienen und verschwanden. Das Dekor folgte dem faszinierenden Credo Ost trifft West oder, um W. H. Audens Definition von Dichtung zu bemühen, dem Nebeneinander unvereinbarer Elemente. Ich war kurz davor, mich über das Phänomen von Paradoxien auszubreiten, als mir einfiel, dass Coenraad seine Erektion verliert, wenn ich ihm mit philosophischen Ergüssen komme. Ich lag still da. Wenig später konnte ich mich ungehindert auf die linke Seite drehen. Durch das Fenster sah ich stumme Sterne.

Wahrscheinlich war ich mit der Postkarte in der Hand eingeschlafen, denn in der Nacht weckte mich eine scharfe Kante im Gesicht. Am Morgen wusste ich, dass meine Träume angenehm gewesen waren, obwohl ich mich nicht an sie erinnerte, denn ich erwachte mit vagen, wohligen Gedanken. Dass es mich gab. Dass es Coenraad gab. Dass alles sein musste, wie es war. Diese Gewissheit löste sich auf, als ich das Zimmer verlassen wollte. Bevor ich mich hinauswagte, kippte ich den Inhalt meiner Handtasche auf die Kommode. Dann hob ich Stück für Stück wieder auf und legte es an seinen sicheren, mit Reißverschluss zu verschließenden Platz zurück: meinen (falschen) Pass, demzufolge ich Lola Montez heiße und am 11. Mai 1925 in New York, New York, in den Vereinigten Staaten von Amerika geboren wurde, mit einem vor drei Jahren aufgenommenen Foto, das noch immer eine vertretbare Ähnlichkeit zeigt; meine internationale Kreditkarte, gültig für weitere acht Monate; meine Reiseschecks, gestückelt in verschiedene Amerikanische-Dollar-Beträge. In das leicht zugängliche Mittelfach wanderten Kamm, Handspiegel und Lippenstift, Zahnbürste, eine Packung Papiertaschentücher, Kaugummi und ein Paar Ersatzstrümpfe sowie die Hotelbroschüre *Key to Toronto*, die ich beim Frühstück studieren wollte. In das äußere Fach steckte ich das Faltblatt mit dem Artikel über das Ulmensterben. In diesem Fach befanden sich außerdem ein Stift und ein Schreibblock mit dem Anfang eines Briefes auf der ersten Seite. *Meine lieben, reizenden Kinder …*

Ich wollte den Brief fortsetzen, wenn ich entschieden hatte, was ich schreiben sollte. Irgendetwas musste ich ihnen sagen. Sie hatten ein Recht auf eine Botschaft von ihrer Mutter. Und wenn ich die Botschaft klar formulierte, ersparte der Brief ihnen vielleicht Schuldgefühle, die sie sonst wohl für immer hätten, auch wenn der Fehler bei mir lag. Tief verborgen in dieser Außentasche war noch ein kleineres, ebenfalls mit Reißverschluss versehenes Fach, in dem ich ihre Bilder aufbewahrte, aufgenommen, als sie noch klein waren und ich noch gute Vorsätze hatte.

In diesem Geheimfach befand sich auch ein Zeitungsausschnitt, die Druckschrift entlang der Falz verblasst, ausgerissen aus der Pariser Ausgabe der New Yorker *Herald Tribune*. Er zeigte Coenraad, als er von Präsident de Gaulle ausgezeichnet wurde. Der Präsident überragte meinen Liebsten um einen Kopf, doch der unerschütterliche Blick, mit dem er über de Gaulles rechte Schulter sah, erweckte den Anschein, dass Coenraad genauso groß war wie der Mann, der ihm eine Medaille verlieh. Ich vermutete, dass die beiden Jungen und das Mädchen, die mit Ausnahme des Präsidenten ebenfalls alle überragten, Coenraads Kinder waren; und dass die vornehm aussehende Frau an ihrer Seite seine Ehefrau war. Sie, Coenraads Frau mit dem dicken Haar und den schlanken Fesseln, deren feine Gesichtszüge angezüchtet waren. Wenn Coenraad gewusst hätte, dass ich dieses Bild besitze, hätte er mich sofort aufgefordert, es zu zerstören, weil mich kein Beweis mit ihm in Verbindung bringen darf.

Bevor ich ging, ließ ich den Blick durch das Zimmer schweifen, um mir einzuprägen, wie ich es bei meiner Rückkehr vorfinden musste. Die Möblierung war gut durchdacht und bestand aus einem Doppelbett, zwei Sesseln, zwei Nachttischen, einer großen Kommode und drei Lampen; nichts stand gedrängt. Der Fernseher nahm eine ganze Ecke ein und stand direkt gegenüber der Tür, sodass man beim Eintreten ihn als Erstes erblickte. Vom Bett aus war er ebenfalls gut zu sehen. Ich spielte mit dem Gedanken, in einem solchen Hotelzimmer zu leben, wo ich unbemerkt kommen und gehen könnte, allerdings müssten die verschossenen senfgelben und olivgrünen Vorhänge samt passender Tagesdecke und Flokati verschwinden. Doch sobald man an Verschönerungen denkt, tauchen andere Unzulänglichkeiten auf, und schon will man dort nicht mehr leben. Das hohe, altmodische Fenster, das von einem Netz aus winzigen Drahtsechsecken zusammengehalten zu werden schien, gab den Blick auf den CN Tower und ein Stück See frei.

In allen Hotels hält der automatische Lift um diese Zeit am Morgen auf jeder Etage, um Männer in grauen Anzügen, weißen Hemden und blauen oder bordeauxroten Krawatten einzusammeln, die nach Rasierwasser und Pomade riechen, die ihre Aktenkoffer gut festhalten, die sich aneinander und an mich drängen.

– Heute Abend tritt wieder diese heiße Sängerin auf, wollen wir?

– Nö. Die zieht immer nur ihre Masche ab.

– Das macht doch jeder.

– Klar, aber ihre hab' ich schon zu oft gesehen.

Kurz bevor sie die Lobby erreichen, verändern sich ihre Gesichter, die schon von vornherein leicht gereizt waren – Sekunden bevor der Aufzug anhält, senken sie die Köpfe, treten von einem Fuß auf den anderen. Hier dagegen, im King Edward um acht Uhr morgens, fuhr ich allein den ganzen Weg vom dreizehnten Stock hinunter ins Erdgeschoss. Auch die Lobby war so gut wie leer; nur ein Mann im braunen Anzug saß in einem Ledersessel, blickte an seiner Zigarre entlang und nahm langsam und in regelmäßigen Abständen einen Zug. Coenraad raucht nie, auch nicht aus beruflichen Gründen.

Es tat etwas weniger gut, auf die Straße zu treten, wo sich um diese Zeit Menschen drängten, die auf dem Weg zur Arbeit waren oder von einer Nachtschicht nach Hause gingen. Es tat weniger gut, von den Abgasen der riesigen Laster empfangen zu werden. Vor dem O'Keefe Centre blieb ich auf dem Gehsteig vor einem Kiosk stehen, las die Ankündigungen von Theaterstücken und Konzerten und starrte auf Fotos von mir unbekannten Schauspielern und Musikern. Ich gehe nur in Kinos, wo ich mich jederzeit im Dunkeln einschleichen kann. Vor der Union Station musste ich an meine voyeuristische Phase während des Kriegs denken; ich war sechzehn und ging am Wochenende und an Feiertagen oft zum Bahnhof, um tränenreiche Abschiede und Wiedersehen zu verfolgen. Vor allem an die Kinder erinnerte ich mich. Mit angsterfüllten Augen standen sie neben einem Elternteil. Sie beanspruchten das Gepäck für sich und sagten, sie würden darauf aufpassen, beseelt von der Ahnung, dass Besitztümer gleichbedeutend mit einem Zuhause sind und dass man sie nicht allein zurückließ, solange sie bei den Koffern blieben. Mir traten Tränen in die Augen, als ich an meine augenblickliche Einsamkeit dachte, die der meiner Jugend ganz ähnlich war; heute wie damals waren es Tränen der Sehnsucht nach einem abwesenden geliebten Menschen.

Im selben Moment dämmerte mir, was Coenraads Nachricht bedeutete: Der Straßenname hatte etwas mit Ulmen zu tun, und die vier Seiten des botanischen Artikels wiesen vermutlich auf die Hausnummer vier, vierzig oder vierhundert hin. Meine Anspannung wich schlagartig einem Heißhunger. Auf der anderen Straßenseite befand sich das Royal York Hotel, das noch genauso imposant aussah wie zu der Zeit, als große Gebäude mich noch beeindruckten. Wegen des starken Verkehrs konnte ich die breite Straße nur mit Mühe überqueren. An einer Stelle stand ich auf einer imaginären sicheren Verkehrsinsel, während zu beiden Seiten Autos und Taxen an mir vorbeirauschten.

Wie sich schnell zeigte, weckte der Weg zurück alte Ängste. Irgendwie fühlte ich mich fehl am Platz in dieser riesigen, stillen Lobby mit ihren vielen Lampen und ihrem dunklen Holz, den weichen Sofas und Sesseln auf dem dunkelroten Teppichboden. Dann fiel mein Blick auf eine Tafel am Ende der langen Rezeption. Auf der Tafel standen Zahlen in geordneter Reihenfolge, Zimmernummern wahrscheinlich, und über einigen blinkte ein kleines Licht. Über den Schlüsselfächern leuchteten dieselben Zahlen auf. Man wusste also auf einen Blick, ob man eine Nachricht oder Post erhalten hatte. Zum ersten Mal gefiel mir Technik besser als persönlicher Kontakt. Die Demütigung, sich über einen längeren Zeitraum mehrmals am Tag unterwürfig einem gleichgültigen Angestellten zu nähern und nach einer Nachricht von Coenraad zu fragen – diese Form der Erniedrigung ließ sich auf diese Weise vermeiden.

Wenn mein Auftreten nicht das verströmte, was gemeinhin als Wohlstand, hohe Stellung oder zumindest Seriosität galt, wurde ich von jedem offen oder heimlich gemustert – hier genauso wie überall sonst. Doch jetzt war nicht die Zeit, um mich zu beweisen. Ich fragte: Wo ist das Café? Und es schwang, wie überall, klare Erleichterung mit, als man mir antwortete: Sie müssen nach unten gehen, folgen Sie den Schildern. Der runde Kellerbau war hell erleuchtet von Neonlichtern, auf dem Boden lag ein praktischer Teppich mit orangefarbenen und roten Kreisen in grellblauen Vierecken. Eine Bestätigung meiner Theorie, dass die Teppichböden in Hotels auf der ganzen Welt entweder orangefarben oder rot oder eine geometrisch gemusterte Kombination aus beiden Farben sind. Die Tapete im Café war ein Spiegelbild des Fußbodens. Gleich hinter dem Eingang stand ein Schild: Please Wait to be Seated.

Ich folgte der Hostess, die, wie ich, ein schlichtes Schwarzes mit Perlenkette trug. Sie hielt einen Stapel Speisekarten vor der Brust, bahnte sich den Weg zwischen kleinen quadratischen Tischen hindurch zur gegenüberliegenden Seite und bog dann nach links. Ich merkte, dass sie mich zu einem Katzentisch neben der Servicestation führen wollte, wo Bedienungen umherwuselten, mit Löffeln klapperten und Wasser in Gläser füllten. Ich hege schon lange den Verdacht, dass man mich, wenn ich allein in ein Restaurant komme, immer neben die Schwingtüren zur Küche oder hinter die Behälter für schmutziges Geschirr setzt. Betrete ich hingegen mit Coenraad einen Speisesaal, wird mit den Fingern geschnippt, und man weist uns beflissen einen möglichst vorteilhaften Platz zu. Die Hostess blieb vor einem Tisch stehen, der mit schmutzigen Tellern beladen war; eine Zigarettenkippe steckte im Ketchup. Ich beschloss, ihr nicht mehr auf den Fersen zu folgen, und ließ mich zurückfallen. Vermutlich spürte sie meine stille Rebellion, denn plötzlich wirbelte sie herum und brachte mich zu einem Fensterplatz am anderen Ende. Sie legte eine Speisekarte auf den Tisch, bevor sie zu ihrem Posten hinter dem Schild zurückkehrte.

Vor mir erschien ein Glas mit Wasser; zu meiner Rechten wurde die Tasse hochgehoben und mit heißem Kaffee gefüllt, während ich noch die Speisekarte las. Neben meinem Stuhl nahm ich jemanden in einer weißen Schürze über einem blauen Kleid wahr, wahrscheinlich die Bedienung, ihr Stift über einem kleinen Block gezückt, aber ich zögerte mit meiner Bestellung. Irgendwie hatte ich das Gefühl, ich sollte nicht hier sein. In der Öffentlichkeit zu frühstücken hat etwas Anstößiges. Es ist so ähnlich, als ob man in einem Raum voller Fremder aus dem Bett aufsteht. Ohne von der Karte aufzublicken, bestellte ich Frühstück Nummer vier, bestehend aus Saft, Porridge, Eiern mit Speck, Toast, Marmelade und Kaffee. Egal, was auf dich zukommt, sagte meine Mutter immer, mit einem guten Frühstück stehst du es durch. Jeden Morgen schaute sie auf die Uhr und wurde zunehmend ungeduldig, weil ich so zerstreut war; entweder sie drängte mich, mehr zu essen oder mit dem Essen aufzuhören, weil sie sonst zu spät zur Arbeit kam. Ich blickte zu der Kellnerin auf und dachte, dass sie vermutlich sehr früh aufgestanden war, noch im Dunkeln, um mich zu dieser Uhrzeit perfekt gekämmt, mit gestärktem Kragen und geputzten weißen Schuhen zu bedienen. Vielleicht musste sie auf dem Weg zur Arbeit noch ein Kind in die Krippe bringen. Ich sehe sie vor mir, Mutter und Kind, noch schläfrig, sie zerrt das kleine Mädchen hinter sich her, das mit der Mutter kaum Schritt halten kann. Sie fahren mit Bussen und mit der U-Bahn, und bei jedem Ein- und Aussteigen wird das Kind hinterhergeschleift. Am Abend werden sie den gleichen Weg in umgekehrter Richtung zurücklegen. Im Winter wird es schon dunkel sein, wenn sie nach Hause gehen, die Mutter müde und nicht mehr so schnell, während das Kind plappert und die Mutter nicht zuhört, sodass alles, was dem vier Jahre alten Mädchen in diesem Moment wichtig ist, für immer aus seinem Gedächtnis verschwindet und vielleicht irgendwann in einem anscheinend bedeutungslosen Traum wiederkehrt.

Nachdem der Tisch bis auf die Kaffeetasse abgeräumt war, in die ich mir hatte nachschenken lassen, breitete ich den Stadtplan aus. Die Straßennamen waren auf der Rückseite aufgelistet. Plötzlich schwand mein ganzes Selbstvertrauen. Nach welcher Straße sollte ich suchen? Es gab nicht nur zwei Ulmenstraßen, sondern alles Mögliche mit *Ulmen* – Tal und Hain, Kamm und Platz, Winkel, Damm, Weg, Grund, Hof,

Gasse und Ring. Insgesamt zählte ich sechsundzwanzig. Ich holte den Ulmenartikel heraus, in der Hoffnung, eine Wendung oder einen Satz zu finden, die eine genauere Adresse enthüllten. Doch die einzige genannte Ortsangabe war Quebec. *Die neue, als Quebec Ulme bekannte Züchtung, benannt nach ihrem Herkunftsort L'Assomption im Norden von Montreal, ist resistent gegen den Pilz, der die amerikanische Ulme irgendwann aussterben lassen wird.* Ich überlegte, ob Coenraad mich vielleicht versehentlich nach Toronto gelotst und eigentlich Montreal gemeint hatte. Aber seine Kenntnis der kanadischen Geographie anzuzweifeln hieße, ihn selbst anzuzweifeln: Coenraad ist seine Arbeit, und seine Arbeit ist, gewissermaßen, global. Jeder Gedanke, ich könnte besser lesen, deuten und Rückschlüsse ziehen, verschwand angesichts der in diesem wissenschaftlichen Bericht ausgedrückten Hoffnungslosigkeit. Dann fiel mir ein, dass Liebe nichts mit Wissenschaft zu tun hat und dass meine erste Vermutung zutraf. Laut Stadtplan gab es im Stadtzentrum eine Elm Street, nördlich der Queen Street, zwischen Yonge Street und Bay Street, zu Fuß erreichbar.

Während ich den letzten Kaffee hinunterstürzte und den Stadtplan zusammenfaltete, überlegte ich, wie um alles in der Welt ich in Toronto auf Coenraad warten sollte. Für mich ist die Stadt mit den Sprengsätzen der Erinnerung vermint. In anderen Städten erwarte ich meinen Geliebten einigermaßen gelassen, weil ich weiß, worauf ich mich freue. Ich kann überall warten. Ich habe gelernt, still zu sitzen, stehen zu bleiben, lange zu schweigen. Ich esse und schlafe und streife durch die Straßen. Um mir die Wartezeit zu vertreiben, unternehme ich lange Spaziergänge. Egal, wo ich bin, ich breche immer mit dem Gedanken auf, dass mir die frische Luft guttun wird, was zwar nicht für London, Mexiko City und Los Angeles gilt, aber es ist eine feste Gewohnheit, und wenn ich die Straßen entlanggehe, bin ich immer überzeugt, dass sich der Ausflug als heilsam erweisen wird. Stadtpläne benutze ich nicht, denn ich habe keine Angst, mich zu verlaufen. Ich biege unbekümmert ab, mal nach rechts, mal nach links. Und um das öde Auf- und Absteigen von Bordsteinkanten zu vermeiden, habe ich mir angewöhnt, bei meinen Erkundungen im Kreis zu gehen.

Venedig bot mir endlos viele Gassen, die oft zu kleinen geschwungenen Brücken führen, auf denen ich in der Mitte stehenblieb und die Aussicht zu beiden Seiten genoss. Große Verkehrsstraßen meide ich und gehe stattdessen, zumindest in europäischen Städten, durch enge gepflasterte Gassen. In Amerika ist es schwieriger, Umwege zu finden, weil die in schlichten Rastern angelegten Straßen oft nur auf eine Tankstelle oder eine Einkaufsmall zulaufen. Nur sonntags gehe ich nie spazieren: Sonntage treiben mich zur Verzweiflung. Ich drücke mich im Hotel herum, bleibe auf meinem Zimmer oder in der Lobby, bis die Museen öffnen. Sonntag ist ein Familientag. Es ist der Tag, an dem Mann und Frau zusammen mit den Kindern spazieren gehen, die jüngste Tochter an der Seite ihres Vaters. Und in Paris fiel mir auf, flanieren Mann und Frau, wenn sie alt sind, er bei ihr untergehakt, bevor sie ein Café aufsuchen und opulenten Kuchen bestellen.

In anderen Städten laufe ich stundenlang durch Paläste, Kunstgalerien, Bibliotheken und Museen. In öffentlichen Gebäuden fühle ich mich zu Hause. Ihre Türen müssen per Gesetz an festgelegten Tagen zu festgesetzten Zeiten geöffnet sein. Ob alt oder neu, die Türen hängen an gut geölten Scharnieren, und um sie zu öffnen, muss man nur sanft drücken oder leicht ziehen. Drinnen fällt jede Verantwortung von mir ab: Verlangt wird nur, dass ich nicht rauche oder auf den Boden spucke. Ich überlasse mich ganz dem Reiz der abgestandenen Luft und den subtilen Verführungskünsten der Toten. Ich bin eingeladen, die Gutenberg-Bibel zu bewundern, *Guernica* oder einen japanischen Heiligen aus Holz, circa 1932. Ich werde eine Schiedsrichterin des Geschmacks, eine Schirmherrin. Und wenn meine Augen irgendwann ermüden und mein Verstand keine Vorlieben mehr hat, kann ich jederzeit gehen.

Coenraad ist die Kunst des Wartens fremd. Wenn wir aufrecht im Bett sitzen, Schultern und Beine aneinander gelehnt, fragt er mich oft:

– Wann bist du hier angekommen?

– Vor drei Tagen.

– Und was hast du gemacht?

– Gewartet.

– Ja, aber was hast du noch gemacht?

– Wie gesagt, ich habe gewartet.

– Irgendwas musst du doch gemacht haben – du hast gegessen, du hast geschlafen, du hast geduscht. Was noch?

– Ich bin zum Louvre gelaufen. Und mit dem Zug nach Versailles gefahren.

Er hat keine Ahnung, welche Inszenierungen mit dem Warten auf ihn verbunden sind.

Warten erfordert einen hohen Kraftaufwand. Obwohl ich ein ruhiger Mensch bin, habe ich das Gefühl, als würde ich die ganze Zeit nach Luft ringend einem weit entfernten Punkt entgegeneilen. Mit jeder Faser meines Wesens ersehne ich den Augenblick seiner Ankunft. Die Zeit ist ausgesetzt; sie läuft ohne mich weiter. Wenn ich ihn dann sehe, ist das Warten im Bruchteil einer Sekunde zu Ende: Die Uhren beginnen wie wild zu ticken, und ihre Zeiger rasen dem Punkt entgegen, an dem er wieder aus der Tür geht. Und sobald die Tür sich hinter ihm schließt und ich allein bin, wenn ich das leere Kissen neben mir sehe, setzt wieder das herrliche Verlangen ein, mit ihm zusammen zu sein. Meine Tage beginnen und enden mit Sehnsucht. Was Coenraad betrifft, so erzählte er mir, als er einmal in Gefahr war, habe er sich gesagt, wenn er aus dieser Sache lebend herauskäme, würde er mich nie wieder gehen lassen. Aber natürlich ließ er mich gehen. Immer wieder. Trotzdem habe ich mich an das Warten gewöhnt. Es ist gar nicht so schlimm: Ich habe immer etwas, worauf ich mich freue.

Trotz des tristen Morgens eilten die Leute unter dem aschgrauen Himmel mit einer heiteren Beschwingtheit zur Arbeit, die mich beflügelte. Die Männer waren frisch rasiert, die Lippen der Frauen makellos geschminkt, alle trugen saubere Hemden und frische Blusen. Wie getrieben und beseelt von einem Eifer, der mit Sicherheit die erste Kaffeepause nicht überstand, verschwanden sie in den verschiedenen Gebäuden. Hartnäckige Zielstrebigkeit obliegt ihren Vorgesetzten mittleren Alters, die morgens eine Stunde vor ihnen im Büro sind und es abends erst eine Stunde nach ihnen verlassen. Solche Gedanken gingen mir durch den Sinn, als ich wieder an den vertrauten Gebäuden vorbeikam. Ich ging auf der rechten Seite der Bay Street in Richtung Norden. Auf der anderen Straßenseite hatte sich viel verändert. Ein neuer Wolkenkratzer wurde hochgezogen. Verschwunden war das Büro der Canadian Pacific Railway and Steamship an der Ecke King Street, wo ich kurz vor dem Krieg mit meiner Mutter ein Ticket gekauft hatte für eine Cunard-Schiffspassage nach Marseille. Ich fuhr allein, um einen Vater zu besuchen, an den ich mich nicht erinnerte. Aber die Börse stand noch da.

Beim Anblick des Frieses, auf dem kräftige, stramme Arbeiter bohrten, gruben und hämmerten, musste ich lächeln. Nebenan war jetzt ein Brathähnchen-Restaurant.

Ein paar weitere Schritte führten mich zu Nummer 335 in der Bay Street, zum Herbert House, in das ich vor vielen Jahren jeden Morgen um diese Zeit gegangen war. Im achten Stock tippte ich dort den ganzen Tag lang Adressen, jeden Tag und samstags bis ein Uhr. Der Anblick des zurückgesetzten Art Déco-Eingangs rief die Stimmung jener Zeit in mir wach, eine diffuse Traurigkeit, nicht ganz unähnlich der Schwermut, die mich oft einholt, wenn ich nachts alleine bin. Ich blieb stehen, um mir das Kellerfenster des Cafés anzusehen, in dem ich Max kennengelernt hatte, aber inzwischen war es ein Friseurladen. An meinem Schreibtisch im Herbert House sah ich das lange Schild gegenüber, auf dem in vertikaler Schrift *Savarin* stand. Nachdem Max mich eines Abends dort zum Dinnertanz eingeladen hatte, starrte ich oft auf die großen, abgerundeten Fenster des Savarin. Unter einem mitternachtsblauen Kuppelgewölbe hielten wir uns den ganzen Abend im Arm und taten, als ob wir tanzten. Unter derselben blauen Decke mit Stuckrosetten, Weinblättern und Kränzen saß ich einen Monat später, als Gast von Max' Mutter, an einem dieser gewölbten Fenster zum Mittagessen. Der Kellner führte mich über die Tanzfläche, die tagsüber mit Tischen und Stühlen vollgestellt war, dann entlang einer schmiedeeisernen Balustrade zwei Treppen hoch zu einem kleinen Tisch, an dem Max' Mutter wartete. Sie begrüßte uns mit einem Lächeln und dankte dem Kellner, dessen Vornamen sie kannte. Sie saß mit dem Rücken zum Fenster; ihr dickes goldbraunes Haar, in einer Rolle um den Kopf geschlungen, erinnerte an einen Heiligenschein. Ich dagegen saß im grellen Mittagslicht. Ich schaute hinüber zum Herbert House, zählte bis zum achten Stockwerk und versuchte zu erraten, ob mein Bürofenster das viert- oder fünftletzte war. Ich weiß noch, dass ich ein weiches helles Brötchen mit einem Messer durchschneiden wollte. Erlauben Sie, sagte Max' Mutter, teilte das Brötchen behutsam mit den Fingern und gab es mir zurück. Die Butter war hart, und ich schmierte sie klümpchenweise in den weichen Teig. Wegen des tiefen Sessels musste ich vorne auf der Kante sitzen, um an mein Essen zu kommen. Zum Zeichen meiner Dankbarkeit für ihre freundliche Geste aß ich die beiden Brötchenhälften bis zum letzten Krümel auf.

Max' Mutter sprach mit mir über den Krieg, über soziale Probleme, über Freundschaft und Jugend. Da meine Stimme früher noch leiser war als heute, gingen meine wohlüberlegten Kommentare im Lärm unter. Sie spielte mit ihrem Essen – Shrimp-Curry –, trank aber drei Tassen schwarzen Kaffee. Ich gelangte zum Boden meines Tellers, feines weißes Porzellan mit roséfarbenen Blumen am Rand. Als ich ihre Züge studierte, stellte ich fest, dass sie dieselben grüblerischen Augen hatte wie ihr Sohn. Meinen Erstgeborenen nannte sie Max, und ihr Lächeln glich seinem aufs Haar, bis hin zu den großen Schneidezähnen und dem Rest der viel kleineren Zähne, die farblich nicht zusammenpassten. In diesem großartigen Augenblick, als ich in ihr die (geliebte) Erzeugerin meines (geliebten) Max erkannte – in diesem Augenblick, in dem ich ihr am liebsten zu Füßen gefallen wäre und sie Mutter genannt hätte, fing sie an von Maximilian zu sprechen, und ihre Worte lösten das seltsame Gefühl in mir aus, als würde die schwere Tür ein weiteres Mal vor mir zugeschlagen. Den genauen Wortlaut kann ich nicht wiedergeben, weil mein Erinnerungsvermögen beim Knallen dieser Tür jedes Mal unsicher wird, aber die Kernaussage war in etwa folgende: Maximilian hat eine große Zukunft vor sich, und ich erlaube nicht, dass sich ihm etwas oder jemand in den Weg stellt, schon gar nicht Ihresgleichen, er ist nur ein Dummkopf, der sich verrannt hat, er bildet sich ein, verliebt zu sein, das liegt am Alter, ich habe nichts gegen Sie persönlich, ich kenne Sie ja überhaupt nicht und habe auch nicht vor, Sie kennenzulernen, jedenfalls passen Sie nicht zu ihm, falscher Hintergrund, Ihre Mutter arbeitet in der Fabrik, nehmen Sie Ihr Taschentuch oder was immer Sie in Ihrer billigen Handtasche finden, Sie kommen darüber hinweg, und falls Sie vorhaben, ihn trotzdem zu sehen, sage ich Ihnen ganz unverblümt, dass ich alles tun werde, um es zu verhindern, und wenn ich ihn zu seinem Onkel nach New York schicken muss.

Ich sah Max nie wieder. Selbst als sein Onkel ihn im Rollstuhl zurückschickte, nachdem er sich bei einem Hechtsprung auf einen im Wasser liegenden Stein die Wirbelsäule gebrochen hatte, wurde mir nicht erlaubt, ihn zu sehen.

Auf der Bay Street eilte jetzt der letzte Schwung von Angestellten in ihre Büros. Es tat gut, von der Menge mitgeschwemmt zu werden. Ich passte mein Gesicht den Gesichtern der Umgebung an, deren Mienen ich nur als eine Mischung aus Unbehagen und Gleichgültigkeit beschreiben kann. Im Rudel überquerten wir die Ampel an der Adelaide Street und an der Richmond Street. Die dichte Menschenmasse machte es den Autos unmöglich abzubiegen. An der Ecke Queen Street zwang mich eine Windbö, in einer Einbuchtung aus grauem Stein Schutz zu suchen. An genau dieser Stelle befand sich früher ein Pfandhaus, dessen Tür nie geöffnet wurde und durch dessen geschwärztes Fenster nichts zu sehen war. Jeder wusste, dass die beiden alten Junggesellenbrüder, die kein Mensch je wirklich gesehen hatte, für ihren armseligen Eckladen Angebote in Millionenhöhe ablehnten. Wahrscheinlich wurden sie irgendwann herausgetragen. (Wenn wir früher ein abrissreifes Haus verlassen mussten, nachdem wir den Kampf gegen Kakerlaken und Ratten verloren hatten, sagte meine Mutter weinend: Ich will meinen kleinen Palast nicht verlassen.) Im Schutz des Simpson Tower gesellte sich ein schwankender Mann zu mir, graue Bartstoppeln, die Augen halb geschlossen, und brabbelte vor sich hin. Ein Geist der Depression, der mit einem erbettelten Zehncentstück zu Child's ging, um sich einen Teller warme Suppe zu holen. Plötzlich wurde mir bewusst, dass ich bei meiner zwanghaften Suche nach verschwundenen Wahrzeichen völlig vergessen hatte, warum ich auf diesen alten Straßen unterwegs war. Ich hatte es versäumt, mit meinem dritten Auge nach Coenraad Ausschau zu halten. Ich schielte zu dem Mann neben mir. Er lehnte sich an den gewölbten Stein und döste vor sich hin. Um ihm die Chance zu bieten, sich zu erkennen zu geben, entfernte ich mich langsam vom Tower in Richtung der Menge auf dem Gehsteig und beobachtete ihn dabei die ganze Zeit. Coenraads Tarnungen sind so vielfältig und einfallsreich wie die der Künstler auf einem Beaux-Arts-Ball. Mit den anderen Fußgängern wartete ich, bis eine Polizistin in ihre Pfeife blies und den Verkehr anhielt, damit wir die Straße überqueren konnten. Auf der anderen Seite blickte ich nochmal zurück. Der Mann war verschwunden. Wahrscheinlich ein Wermutbruder, der zum Aufwärmen ins Simpson's gegangen war.

Im Eaton's ging ich als Erstes zu den Handschuhen und Schals. Ich hätte jede Abteilung mit verbundenen Augen gefunden. Früher war ein Besuch in diesem Kaufhaus wie ein Urlaubstag. Wir wärmten uns unter den hellen Lichtern und sahen uns Sachen an, die wir gern gekauft hätten, uns aber nicht leisten konnten. Heute war das anders: Ich konnte mir jeden Schal aussuchen, der mir gefiel. Doch trotz der raffinierten Auslagen fand ich nichts, was ich wollte. Unter den Neonlichtern wirkten die synthetischen Stoffteile billig und schäbig. Eine zerbrechliche ältere Frau fragte, ob sie helfen könne, aber ich merkte, dass meine Antwort ihr eigentlich egal war. Sie spielte eine bezahlte Rolle für eine versteckte Kamera.

– Ich möchte einen Seidenschal in Blau, das gleiche Blau wie in diesem Tweed, sagte ich und hielt ihr das Revers meines Mantels hin.

– Alles, was wir haben, liegt auf dem Tisch.

– Sehen Sie in den Schubladen nach, dort waren früher immer besondere Stücke versteckt.

– Alles, was wir haben, liegt auf dem Tisch.

Diese dämliche Wiederholung ließ auf eine mit Ton ausgestattete Überwachungskamera schließen. Ich sah ein, dass außer diesem schwachen Auftritt nicht mehr von ihr zu erwarten war. Ich wandte mich zum Gehen, als eine Stimme mir ins Ohr flüsterte:

– Wo sind die Seidenschals vom vorigen Jahr …?

Ein als Obdachloser verkleideter Mann in einer fleckigen grünen Jacke, zu lang an den Ärmeln, die weite Hose irgendwie hochgehalten, stand neben mir, und als sein Atem mein ihm zugewandtes Gesicht streifte, wiederholte er: Ach, die Seidenschals von früher … Er richtete sich auf und schloss den einzigen Knopf an seiner Jacke. Mir fiel auf, dass er gar nicht betrunken war, denn sein Atem roch süß. Er stand in einer Haltung neben mir, die man vielleicht aristokratisch nennen könnte. Das alles war zu schön: Coenraad als Großstadtpenner! Weil ich mit Sicherheit von der Überwachungskamera beobachtet wurde, achtete ich darauf, meine große Freude zu verbergen, um seine Deckung nicht auffliegen zu lassen. Ich reagierte mit den üblichen Gesten: tat so, als würde ich zurückschrecken, presste empört die Lippen zusammen. Er führte meine Hand von den Seidenschals an seine Lippen. Und als er sein schmutziges, verfilztes braunes Haar über meinen Handrücken neigte, hob er seine blutunterlaufenen Augen und zwinkerte mir zu. Wieder wurde ich an die vollendete Kunstfertigkeit im Design von Kontaktlinsen erinnert. Die Verkäuferin vergaß die Kamera und kam hinter der Ladentheke vorgeschossen, um eine, wie sie vermutlich glaubte, mögliche Belästigung abzuwenden. Ich winkte sie zurück, wo sie hingehörte.

– Denken Sie sich nichts dabei, sagte ich zu ihr. In Wien ist das so üblich. Das ist die Macht der Gewohnheit bei Männern. Sie dürfen Galanterie nicht mit Lüsternheit verwechseln.

Zur Verblüffung aller Angestellten und wahrscheinlich auch der Person, die den Bildschirm überwachte, hakte ich mich vor fassungslos gaffenden Kunden bei ihm unter, und wir marschierten zusammen den Gang entlang zur Queen Street.

Wir gingen schweigend. Wenn wir in der Öffentlichkeit sind, unterhalten wir uns nur selten – er, weil er immer auf dem Quivive sein muss, und ich, weil seine Nähe mir die Sprache verschlägt. Obwohl die Elm Street in der entgegengesetzten Richtung verlief, fragte ich nicht, warum wir auf der Queen Street in Richtung Westen und nicht auf der Yonge in Richtung Norden unterwegs waren. Zwischen Coenraad und mir erübrigen sich Erklärungen: Wir verstehen uns selbst im Schlaf. An der Bay Street sah ich zum Turm der alten Town Hall hoch und stellte fest, dass es zehn Uhr war. Dieser kurze Blick, der nicht länger dauerte als ein Nadelstich, löste eine Reihe von Bildern aus. Von grünen Korridoren mit braunem Kriegsschifflinoleum, auf dem Leute am Morgen graue Fußspuren hinterlassen hatten; von Stunden auf einer harten Eichenbank vor einem Raum mit einer Milchglastür, die ein mit zwei langen Schleifen gebundener Blumenstrauß aus klarem Glas zierte. Über den Blumen befand sich ein Schild, auf dem in geraden schwarzen Buchstaben *Jugendgericht* stand. Vielleicht war es Zufall, doch im selben Moment, als das weinende Gesicht meiner Mutter an mir vorbeizog, nahm er meine Hand und drückte sie beruhigend. Ich merkte, wie Coenraad zu mir herabblickte und fragte mich, ob ihm auffiel, wie lang mein Haar geworden war, seit er mir in Montreal gesagt hatte, dass es ihm kurz nicht gefalle.

Ein Stück weiter, in der Nähe der U-Bahn-Station St. Patrick, schienen noch dieselben gerupften Hühnchen kopfüber im Fenster von A. Stork and Son zu hängen. Zum ersten Mal fiel mir die schöne Symmetrie des kleinen roten Backsteingebäudes auf. Auf einem Stein unter dem Dachgiebel stand eine Jahreszahl: 1881. Das willkürliche Wachstum dieses alten Stadtteils zeigte sich in den vielen Geschäften, die gebrauchte Möbel, gebrauchte Kleidung, gebrauchte Comichefte und sogar gebrauchte Pornoliteratur verkauften. Hinter einer schmutzigen Fensterscheibe hing, vor einem schmutzigen grauen Baumwollvorhang, ein von Fliegen beflecktes Pappschild mit der Aufschrift: *Madame Olga, Wahrsagerin.* Darunter, in kleinerer Schrift: *Sie wird Ihnen Vergangenheit, Gegenwart und Zukunft vorhersagen. Suchen Sie Seelenfrieden? Sind Sie unglücklich verliebt, verheiratet oder bei der Arbeit? Dann besuchen Sie Madame Olga. Sie wird Unheil und Pech verbannen.* Coenraad blieb stehen. Einen Moment lang dachte ich, wir würden hineingehen und uns die Zukunft vorhersagen lassen. Obwohl sein Leben von der unerbittlichen Agency diktiert wird, ist Coenraad fest davon überzeugt, dass unsere Liebe vorbestimmt war. Was mich anging, so hätte ich mir liebend gern meine Zukunft vorhersagen lassen. Doch es war die Tür neben Madame Olga, in die wir traten. Ich zögerte, während er eine lange steile Treppe hochstieg. Seine Absätze waren abgelaufen. Mit eingezogenem Kopf ging er leicht gebeugt. Einmal geriet er ins Stolpern. Vielleicht wollte er nur in seiner Rolle bleiben; mein Liebster ist eigentlich trittsicher und geht immer aufrecht. Er öffnete eine stählerne Feuertür und wartete auf mich. Wir traten in eine grell beleuchtete Fabrik, in der Reihen von dunklen Frauenköpfen über sirrende Nähmaschinen geneigt waren. Zu beiden Seiten standen lange Tische, beladen mit leuchtend bunten Seidenstoffballen.

Als wir eintraten, unterbrach eine junge Frau neben der Tür ihre Näharbeit, nickte zum Zeichen des Erkennens und ging dann einen schmalen Gang zwischen den Arbeitstischen zum anderen Ende des Raums, wo sie eine Sperrholztür in einem Sperrholzverschlag öffnete. Sie kam sofort wieder heraus, gefolgt von einem großen Mann, der, im Gegensatz zu ihrer robusten Jugendlichkeit, in seiner Grauheit schwer einzuschätzen war: sein Haar, sein Gesicht, der Anzug, den er trug, alles wirkte so ätherisch, dass ich überrascht war, als ich seine Stimme hörte. Er redete mit Coenraad in einer Sprache, die ich nicht verstand. Ich blieb vollkommen still und vertraute Coenraad, der mich manchmal eine kleine Rolle bei seiner Arbeit spielen lässt. Auf Englisch sagte er:

– Da ist sie. Ich komme später zurück.

Dann schlug er, den ich für Coenraad hielt, seine abgelaufenen Absätze elegant zusammen, hob wieder meine Hand an seine Lippen und sagte:

– Gnädige Frau, es war mir ein großes Vergnügen. Hier werden Sie finden, was Sie suchen.

Es war offenkundig, dass ich auf die feinen Manieren des Mannes hereingefallen war. Bin ich etwa ein Kind, das ständig Hoffnungen mit Tatsachen verwechselt? Hinter mir schloss sich die Stahltür.

– Nun denn, sagte der Besitzer oder wer immer er war, sehen Sie sich um, und zeigte auf den langen Sperrholztisch mit Seidenstoffen. Wir fertigen alles nach Ihren Wünschen, ob quadratisch, rechteckig, dreieckig, groß oder klein. Zum niedrigsten Preis in der Stadt.

– Wer war der Mann?, fragte ich, noch immer leicht verunsichert.

– Laszlo? Ein Landsmann von mir. Für jedes Geschäft, das er mir beschafft, erhält er eine Vergütung. Also, wie viel Dutzend? Welche Art von Geschäft? Boutique, Warenhaus, Schönheitssalon? Für Mengen über zwei Dutzend gibt es einen Rabatt.

– Das muss ein Irrtum sein. Ich will nur einen Schal, einen blauen, für diesen Mantel.

– Laszlo irrt sich nie, er ist mein Landsmann. Ich kenne ihn sehr gut. Er ist einfühlsam. Einen Käufer erkennt er sofort. Haben Sie schon die Preise verglichen? Sie werden nirgendwo schönere Seidenwaren finden. Diese sind aus Frankreich, sie werden nach Miquelon eingeflogen und gelangen von dort nach Montreal, falls Sie verstehen, was ich meine, und dann schickt ein anderer Landsmann sie zu mir. Nur deshalb kann ich Seidenschals zu solchen Preisen verkaufen.

Die Frauen an den Maschinen sahen hin und wieder neugierig auf. Sie unterhielten sich leise, konnten sich aber trotz des Lärms verstehen, denn sie lachten oft. Ich wollte in diesem Raum bleiben, in dem Seidenstoffe in allen Farben des Regenbogens im Licht eines Dutzends Neonröhren glänzten. Ich war versucht, um eine Anstellung zu bitten, mir eine Sozialversicherungsnummer geben zu lassen, zu diesen lächelnden Frauen zu gehören. Ich könnte ihre Sprache lernen, ich könnte mich anpassen, vor einer Generation war ich eine von ihnen gewesen, ich kenne dieses Viertel, ich weiß genau, wo man sich einen Pappbecher Kaffee holt, der auf die Tüte mit dem Käsebagel schwappt. Doch stattdessen stand ich nur da und versuchte ihm auf unbeholfene Weise zu vermitteln, dass ich nicht die war, für die er mich hielt. An diesem Punkt drängte er und schob mich fast den Gang nach hinten zu seinem Büro. Kaum waren wir hinter der Tür, packte er mich an den Handgelenken und zwang mich auf die Knie. Auf seinen wächsernen Wangen erschienen rote Flecken, und das gelbe Matt seiner Augen leuchtete auf. Ich blieb auf den Knien und wartete.

– Wer sind Sie, wer hat Sie geschickt, wie haben Sie mich gefunden?

Ebenso plötzlich ließ er mich wieder los. Er sank auf einen Stuhl, seine Arme hingen schlaff herab, sein Gesicht wurde wieder blass.

– Gott sei Dank, endlich hat man mich erwischt.

Sein unerträglicher Schmerz ließ mich hilflos auf den Knien verweilen. Komm schon, sagte ich mir, halt einen Augenblick inne. Deine Suche nach Liebe kann eine halbe Stunde warten. Und bis er merkt, dass du angesichts von Schmerz zum Feigling wirst, bist du längst weg. Tröste ihn, wenn du kannst. Sorge dich nicht wegen möglicher Folgen: Du bist eine Fremde für ihn, ganz gleich, für wen er dich hält; was ihm auch widerfahren ist, es hatte nichts mit dir zu tun, man kann dir nichts vorwerfen.

– Sag mir, *Tatele*, wer ist hinter dir her, welches Verbrechen hast du begangen?

– Geister. Niemand hat überlebt. Ich bin der Einzige, und ich will nicht leben. Es gibt niemanden, nicht einen einzigen Menschen, der mir verzeihen kann. Ich träume von einem Racheengel, der mich für meine Sünde zur Rechenschaft zieht. Nur der Tod kann meinem Alptraum ein Ende setzen.

Ich hatte vor, ihm mein Mitgefühl zu zeigen und ihn verständnisvoll anzusehen, doch mein Blick blieb an einem alten zerknitterten Foto hängen, das er mir vorhielt. Es zeigte eine kleine dunkelhaarige Frau, in deren Blick das Wissen um ihr Schicksal lag, ein Blick, den ich von ähnlichen Bildern kenne und der in die Augen tritt, wenn jegliche Angst verschwunden ist und nur die Gewissheit des Todes bleibt.

– Stellen Sie sich vor, sagte er, wie gründlich die Deutschen waren. Als das Rote Kreuz nach dem Krieg Miriams letztes Foto in einem Schrank in einem Warschauer Büro fand, wussten sie sofort, wessen Frau sie gewesen war.

Eine Hand strich über mein Haar. Er konnte nicht ahnen, dass seine Hand auf meinem Kopf mich erstarren ließ. Noch nie hatte das jemand getan. Allerdings war ich auch noch nie zuvor auf den Knien gewesen.

– Die Nazis kamen mitten in der Nacht. Ich schlief fast und wartete nur darauf, dass Miriam ins Bett zurückkam. Sie kümmerte sich im anderen Zimmer um die Kinder, sie waren schlimm erkältet, hatten Fieber, und sie stellte sich alle vier Stunden den Wecker, um ihnen Aspirin zu geben. Ich dachte mir nichts dabei, als ich das Klopfen an der Tür und Geschrei auf Deutsch hörte. Damit will ich sagen, ich erinnere mich nicht, bewusst entschieden zu haben, dass ich meine Familie ihrem Schicksal überlasse. Ich kann Ihnen nur sagen und habe es auch mir immer wieder gesagt, dass mein Körper einen eigenen Willen hatte. Ich sprang aus dem Fenster unseres Schlafzimmers und rannte los. Erst als mein Körper spürte, dass er in den ihm so vertrauten Wäldern in Sicherheit war, überwältigte mich mein Verstand, nein, schlimmer noch, meine Vorstellungskraft, und das tut sie bis heute. Immer wieder sehe ich vor mir, wie meine tapfere, angsterfüllte Miriam, mein Yankel und der kleine Shmuel fortgebracht werden, die Kinder im Halbschlaf und mit laufenden Nasen von der Erkältung. Ich sehe, wie man Miriams Fingerabdrücke nimmt, ihr eine Zahl eintätowiert, sie fotografiert, erfasst und vergast. Tag und Nacht habe ich gebetet, dass Gott mich bestrafe, aber er wählte seine eigenen Mittel, um meine Seele zu geißeln. Ich war erfolgreich. Obwohl ich mir nichts aus Geld mache, häuft es sich stetig an. Ich gebe so viel ich kann an Waisenkinder, an die Einsamen und Kranken; ich weise niemanden ab. Ich wurde öffentlich geehrt. Schließlich hat Gott sich meiner erbarmt. Dieser Körper, der mich in der Jugend verraten hat, wird im Alter bestraft. Diese überheblichen Arme sind schwach; meine tückischen Beine haben ihre Kraft verloren. Eines Tages fiel ich auf der Straße in ein Koma. Die Leute hielten mich für betrunken und stiegen über mich hinweg. Dann kam die Polizei und ich ging bereitwillig mit; ich hielt die uniformierten Männer für Nazis, die mich wieder mit meiner Frau und meinen Söhnen zusammenführen wollten. Aber man brachte mich nicht in ein Lager, sondern in ein Krankenhaus. Man hat mich versorgt, als ob ich es verdient hätte. Ich habe Diabetes und blutende Löcher im Magen; ein Herz, das sich bei dem Gedanken an die Vergangenheit verkrampft. Bei jeder neuen Krankheit preise ich Gott.

Ich sah ihn an und nahm seine Hände in meine. Er hob seine Augen himmelwärts.

– Sie wurden geschickt, um meinem Ende beizuwohnen. Sie werden mir verzeihen.

Eine Flut von Antworten ging mir durch den Kopf. Ich war bereit, ihm zu sagen, dass seine früheren Handlungen natürlich und menschlich waren, verständlich und darum verzeihlich; dass er von niemandem Absolution brauchte. Ich wollte ihn ermahnen, sich selbst zu vergeben und zu vergessen, aber ich wusste, dass meine Argumente sinnlos waren: Sein Schmerz konnte nicht mit Logik beantwortet werden: Die Ursache für seine Qualen entzog sich dem Verständnis: Seiner Misere war auch mit Vernunft nicht beizukommen. Bleiben Sie, bleiben Sie, bettelte er, jemand muss mir die erlösenden Worte sagen. Doch er sah mich nicht an; sein Blick war anderswo. Rückschauend glaube ich, dass ich vielleicht geblieben wäre, hätte er mir nicht den Rücken zugewandt und sich zur Wand gedreht, denn verglichen mit seinem Kummer schien meine Aufregung banal. Händeringend starrte er die Wand an, schwankte betend hin und her, und aus seiner Kehle drang, scheinbar ohne Atem, das Kaddisch, das aramäische Gedenkgebet für die Toten, manchmal deutlich, dann wieder als Murmeln, es begann mit diesen schrecklichen und notwendigen ersten beiden Worten: *Yisgadal V'yiskadash.* Schweigend betrachtete ich die Gestalt in ihrer stillen Gemeinschaft mit den Toten. Was hätte ich sagen sollen? Ich musste gehen.

Auf dem Weg nach unten über die dunkle, steile Treppe sah ich das tragische Gesicht des Mannes als Nachbild vor mir. Wenn ich doch nur schreiben könnte! Zeit dazu hätte ich, und die vielen Stunden des Wartens könnte ich gut damit ausfüllen. Ich würde mir ein Notizbuch kaufen und einen

Stift in den Spiralrücken stecken. Wenn Coenraad und ich zusammen sind, brauchen wir keine Worte, aber wenn ich allein bin, nervt mich das Schweigen, das zwischen uns so beredt sein kann. Wenn ich es mir recht überlege, bin ich immer ziemlich phantasievoll gewesen. Zu seiner Unterhaltung sammelte ich Geschichten, und was nicht wirklich passiert war, erfand ich einfach. Er war verblüfft: Wo triffst du solche Leute? Gleichzeitig machte er sich Sorgen, ich könnte mich mit ihnen einlassen, denn er wusste ja nicht, dass die meisten Figuren meiner Phantasie entsprangen und der Rest Vermutungen waren. Ich bemühte mich immer, amüsant zu sein. Wenn er lachte oder mich liebte, erwies Coenraad sich als Mann, der sich unverhohlen freuen konnte.

Wenn ich schreiben könnte, wo würde ich wohl beginnen? Vielleicht könnte ich eine Geschichte um einen Zeitungsartikel spinnen. Dort, an der Ecke Dundas, lag in einem abgeschlossenen Kasten hinter einem Drahtgitter der *Toronto Daily Star*. In der linken, schwarz umrandeten Spalte stand die Überschrift: *Mord oder Selbstmord?*

– Als Lewis B. Martindale am Sonntagabend nach Hause kam, stand seine Frau mit einer Schlinge um den Hals auf einem Stuhl.

– Ich werde mich umbringen, du kannst mich nicht aufhalten, sagte sie.

– Dann will ich dir helfen, sagte er und trat den Stuhl unter ihr weg.

– Ich habe sie ohne Bedauern sterben sehen, gestand er beim Verhör.

Ein Autor würde über die Umstände spekulieren, die zu der Verzweiflung der Frau und der Gleichgültigkeit ihres Mannes führten. Nein. Ich glaube, mir fehlt die nötige Objektivität zum Ausschmücken einer solchen Nachricht.

Vielleicht sollte ich es mit einer fiktiven Geschichte versuchen. Dann müsste ich mich allerdings in Acht nehmen, denn für mich ist die Macht des geschriebenen Wortes so groß, dass ich das Erfundene womöglich selbst glauben würde. Und wenn es eine Liebesgeschichte werden sollte, wäre Coenraad der Held. Darin lag ein weiteres Problem: Coenraad war immer getarnt, ich könnte also nicht auf sein Äußeres zurückgreifen und müsste mich, um ihm gerecht zu werden, auf seine wesentlichen Eigenschaften konzentrieren. Und ich war mir nicht sicher, ob ich das wollte. Es hatte keinen Sinn, mir vorzumachen, ich könnte die Geschichte eines anderen erzählen, deshalb müsste ich wohl meine eigene schreiben und mich ganz auf die Erinnerung verlassen.

Inmitten all dieser hehren Gedanken wurde mir klar, dass ich gar nichts zu Papier bringen durfte. So lautete die Regel. Keine Papiere, Dokumente, Briefe, Notizen, Protokolle oder Tagebücher über unsere Liebesaffäre.

Aber vielleicht sollte ich wenigstens ein kleines Tonbandgerät für Eindrücke und Gedanken bei mir haben. Oder für mitgehörte Unterhaltungen, wie diese in der Klinik …

– Wie konntest du so etwas sagen?

– Was … was habe ich denn gesagt?

– Du hast gesagt: Jede Zelle in deinem Körper trägt meinen Namen.

– Das stimmt.

– Aber dein Tonfall war beleidigend. Du hast auch gesagt …

– Ich weiß, was ich gesagt habe. Außerdem spielt keine Rolle, was ich gesagt habe: dass diese Rosen stinken, dass ich mich umbringe, dass er ein Mann ohne Mitgefühl ist. Worte bedeuten ihm nichts; er hört nur einen himmlischen Chor, der sein Loblied singt.

– Er ist sehr geduldig mit dir.

– Gleichgültigkeit wird oft mit Geduld verwechselt.

– Er besucht dich jeden Abend!

– Die Last dieser ganzen Gleichgültigkeit!

– Ich bilde mir ein, dass seine rechte Schulter gezuckt hat.

– Für mich hat sie nicht gezuckt.

Aber vor Coenraad kann man nichts geheim halten: Er würde die Tonbänder entdecken. Ich könnte ihn auch nicht davon überzeugen, dass meine Tonbänder eine harmlose Ablenkung wären, ein schlichtes Mittel, um mir die Zeit zu vertreiben. In einem Motel an einem Highway außerhalb von Hamilton, New York, sprach ich zum ersten Mal das Thema an, mir ein kleines Mikrophon zu besorgen, um in seiner Abwesenheit darauf zu sprechen. Ich war vier Tage allein gewesen und unfähig das Motel zu verlassen. In der Umgebung befanden sich ausschließlich überwucherte, mit Stacheldraht umzäunte Felder und der Highway. Ich sah nur das Neonschild des Motels und ein paar vor den Türen geparkte Autos. Als Lektüre hatte ich eine Ausgabe des *National Geographic* mit einem Artikel über die Finger Lakes. Das genügte nicht, um meine Phantasie zu beflügeln. Coenraad sagte, wenn ich je ein Tonband benutzen würde, könnte er mir nicht mehr vertrauen. Dann zog er ein kleines Aufnahmegerät aus seiner Tasche, holte eine winzige Kassette unter ein paar Hemden hervor und legte sie ein. Ich hörte eine Frau stöhnen und kurze Schreie ausstoßen wie beim Liebesakt, wenn der Körper seine Lust einfordert.

– Bin ich das etwa?

– Hör zu …

– Ich erinnere mich nicht … wann war das?

– Beim ersten Mal. Jedes Mal.

– Woher soll ich wissen, ob ich das bin?

– Du bist es. Ich schlafe mit keiner anderen.

Als ich an einer roten Ampel stehen blieb, überkam mich die Erregung eines Spielers. Wenn ich Glück hatte, wartete Coenraad in der Elm Place, nur vier Blocks weiter die Spadina entlang. Die Vorstellung, er könnte dort sein, war verführerisch. Ich musste an Kyoto denken, wo ich einmal unbedingt die Pforte zu einem winzigen Garten öffnen wollte. Zu beiden Seiten der Pforte waren drei identische Trittsteine und grünes Moos, sonst befand sich nichts in diesem Garten. Trotzdem öffnete ich die Pforte und ging zum anderen Ende, als erwartete mich dort ein Abenteuer.

Auf einem weißen Metallschild an einem Pfosten stand jetzt in schwarzen Buchstaben *Elm Place* auf Englisch und Chinesisch. Mir ging durch den Sinn, dass das prächtige Lucky Dragon an der Ecke meinen Mann ebenso wenig begeistert hätte wie die Workmen's Labor League, die davor ihren Sitz hier hatte und als Rückzugsort zum Kartenspielen für müde Männer diente, denen Zbigniew kommunistische Subversion unterstellte, während ich die einzige Gefahr für die Gesellschaft in der sprachlichen Doppelung im Namen sah. Zwei Straßen weiter kreuzte Elm Place die Kensington Avenue, wo ich mal, als ich neun war, die Statue von Peter Pan gesucht hatte. Die alten schmalen Häuser standen noch, doch die früheren guten Stuben, die nach Kampfer und Wachs gerochen hatten und nur bei Hochzeiten oder Beerdigungen betreten werden durften – sie waren geschändet und in Läden umgewandelt worden. Verschwunden waren die winzigen Vorgärten. An ihrer Stelle standen nun Kisten mit Obst und Gemüse sowie Fässer mit Essiggurken und Hering, bewacht von Männern in dicken Pullovern und schweren Stiefeln, die auf dem Gehweg mit blaugefrorenen Händen Scheine in die linke Tasche steckten und das Wechselgeld aus der rechten abzählten.

Nummer vierzig war eine Bäckerei. Brot und Brötchen lagen auf einer mit Wachstuch bedeckten, schrägen Auslage und türmten sich unten am Fenster. Als ich die Tür öffnete, wurde eine Glocke ausgelöst: eine überflüssige Aufforderung, denn hinter der Ladentheke wartete bereits eine Frau. Sie saß auf einem Hocker und beugte sich über eine auf der Glastheke ausgebreitete Zeitung. Eine Hand schwebte über der Messingkasse, die andere hielt eine Ecke der Zeitung, bereit zum Umblättern. Sie ließ sich Zeit, bis sie mir ihre Aufmerksamkeit schenkte. Schließlich hob sie den Kopf, musterte mich kurz und sagte: Sie sind wieder zurück, und las weiter. Vielleicht kannte sie mich, wir waren etwa im selben Alter, auch wenn ihr Gesicht faltiger war als meines und ihre Hände von der Arbeit gezeichnet waren. Vielleicht hatten wir sogar zur selben Zeit die Ryerson Public School besucht.

Ich ging in dem kleinen Laden umher und tat, als wäre ich noch unentschieden, während ich mich nach hinten bewegte, wo ich einen Durchgang gesehen hatte, den ein verblichener roter Samtvorhang abtrennte. Obwohl sie den Blick nicht von der Zeitung wandte, spürte ich, dass sie mich taxierte. Ich hätte gern wie sie ein gemustertes Viskosekleid mit einer sauberen, gemusterten Schürze darüber getragen und bedauerte, dass ich mein schwarzes Kleid, den maßgeschneiderten Tweedmantel und meine Perlenkette trug. Wer in dieser Gegend aufgewachsen ist, empfindet es als Verrat, wenn jemand bei seiner Rückkehr nach teurem Parfüm riecht und die Kleidung einer anderen Klasse zur Schau stellt. Nicht das Weggehen weckt Ressentiments: Schließlich heißt es immer, aus den Augen, aus dem Sinn. Doch sobald man aus den

Augen ist, sollte man es auch bleiben. Ein ungeschriebenes Gesetz. Es gilt nicht nur, dass kein Weg mehr zurückführt, man darf einfach nicht zurück. Ich ließ mir Zeit, schlenderte von Kaisersemmeln zu Zwiebelbrötchen, nahm sie aus den Drahtkörben, drückte sie prüfend, wie man das so macht, behielt einige und legte andere zurück. Sie schob jedes von mir ausgewählte Brötchen mit dem Arm beiseite und wusste, obwohl sie nicht aufblickte, wann ich fertig war. Sie unterbrach ihre Zeitungslektüre, holte eine Papiertüte unter der Theke hervor, warf die Brötchen hinein und schüttelte dabei die ganze Zeit missbilligend den Kopf. Über meine Auswahl? Sie sah mich noch immer nicht an, als sie fragte:

– Ist das alles?

An der Wand hinter ihr waren Regale mit Brot.

– Welche Brotsorten haben Sie?

– Weiß, schwarz, Challah, Roggen, Doppelroggen, mit Körnern, ohne Körner, russisches Schwarzes, Wasserbrot. Was möchten Sie?

– Geben Sie mir ein Viertel von dem russischen Schwarzen.

Mit einem Hauch von Triumph im Gesicht drehte sie sich zu dem Regal um. Sie hatte mich durchschaut, ich hatte mich verraten: Nur wer die gewaltige Größe eines russischen Schwarzbrots kennt, verlangt einen Teil davon. Sie lehnte sich schwer auf das lange Messer und schnitt die dicke Kruste durch. Ich gab mich ihr gegenüber ganz offen.

– Hören Sie, sagte ich, ich muss meinen Mann finden. Das würde sie verstehen. Ob er hier ein Zimmer gemietet hatte?

– Gemietet? Hier ist nichts zu vermieten.

– Oben? Oder vielleicht hinter dem Laden?

– Oben wohnt eine alte Witwe, allein. Und hinten ist meine Küche und mein Schlafzimmer. Sie holte ein Blech mit braunem Kuchen herunter. Wie wär's mit einem guten Stück Honigkuchen?

– Ist er frisch?

– Würde ich den ganzen Tag im Laden stehen und alten Kuchen verkaufen?

– Na schön, ich nehme ein Stück. Ich möchte alles getrennt in Plastiktüten.

– Plastiktüten kosten ein Cent pro Stück.

Sie musste meine Brötchen wieder auf die Zeitung kippen. Während sie sortierte, zählte und addierte, schlich ich zu dem abgetrennten Durchgang und warf einen kurzen Blick hinein. Ich sah einen abgetretenen gemusterten Linoleumboden und einen dunklen Holzstuhl, aus dessen Ledersitz die Polsterung quoll.

– Gehen Sie dort weg oder ich rufe die Polizei!

Ihre Drohung amüsierte mich. Meine Mutter rief früher jeden Sonntag kurz nach dem Mittagessen die Polizei, wenn sich der Rest des Tages leer vor ihr erstreckte. Die Polizei hörte sich erst ihre Beschwerden an, dann die Gegenklagen der Vermieterin oder eines anderen Mieters oder des Mannes, mit dem sie gerade zusammenlebte. Verhaftet wurde niemand. Meine Mutter überschüttete sie mit uralten Flüchen. Die Frau hatte jetzt ihren Platz hinter dem Ladentisch verlassen und stand in einer (vertraut) empörten Haltung zwischen mir und dem Vorhang: gespreizte Beine, Faust in der Luft, Bauch vorgestreckt. Zur gleichen Zeit trat sie nach einer kleinen grauen Katze, die sich hinter dem Vorhang vorgewagt hatte. Wir wussten beide, dass ich jetzt am Zug war.

Da sah ich sie, die Registrierkasse, glänzend poliert wie Gold. Dort, am Ende der Ladentheke, neben dem Fenster, stand die Mutter aller alten Messingkassen, groß, verschnörkelt, viereckig und rund zugleich, mit Zahlen, Dollar- und

Cent-Symbolen auf der Tastatur. Ich fühlte mich von ihr angezogen wie ein Schläfer von einem wiederkehrenden Traum. Ich drückte die Taste KEIN VERKAUF. Die Schublade sprang auf. Die Frau hatte einen guten Vormittag gehabt. Ich griff in jedes Fach. Erst die 1-Cent-, dann die 5-Cent-, 10-Cent- und 25-Cent-Stücke und warf sie in alle Richtungen. Viele Münzen landeten vor ihren Füßen. Der Impuls, die Kasse zu plündern, war nicht dem Augenblick entsprungen: Die Handlung hatte auf mich gewartet wie ein Instrument auf seinen Spieler. Die Katze huschte hinter den Vorhang zurück. Ich sah die Frau an, um festzustellen, was sie wohl von alldem hielt, und hatte den Eindruck, dass ihre Empörung einem gewissen Respekt gewichen war. Jetzt das Papiergeld: Ein-Dollar-Scheine, zwei Fünfer, zwei Zehner und ein Zwanzig-Dollar-Schein, in die Luft geworfen wie Konfetti. Ich war in Fahrt.

– *Nu*, sind Sie jetzt zufrieden, fragte sie ruhig.

– Nicht ganz.

– Es reicht, nehmen Sie Ihr Brot, gehen Sie endlich.

– Sagen Sie mir erst, ob hinten jemand auf mich wartet.

– Das sagte ich doch schon ... lassen Sie mich in Ruhe.

– Ich möchte mich selbst überzeugen.

Die Frau fing an, die Geldscheine aufzuheben, und strich sie nacheinander glatt. Sie sagte kein Wort, doch für mich klang ihr Schweigen so:

Wie kommen Sie darauf, dass ich Sie oder irgendeinem anderen Kunden, der wegen Brot hierherkommt, in den einzigen Bereich auf Erden lasse, wo ich eine Privatperson sein kann, wie lange würde ich wohl im Geschäft bleiben, wenn ich das erlauben würde? Meine Kinder würden fragen, was für eine Mutter ich eigentlich bin, wenn ich meine Privatsphäre nicht schützen kann. Und wenn mein Mann von der Fabrik nach Hause kommt und wissen will, was es Neues gibt, und ich ihm erzähle, dass viele Kunden da waren, aber keiner etwas gekauft hat, weil alle nur nach hinten wollten – wie lange, glauben Sie, würde er bei so einer Frau bleiben?

Und in meiner Enttäuschung hätte ich vielleicht geantwortet:

Aber was ist mit mir, glauben Sie, ich habe sechs Stunden im Flugzeug gesessen, nur um Brot zu kaufen? Ich werde das Brot essen, aber was dann? Ich stehe mit leeren Händen da, nachdem ich die ganze Mühe auf mich genommen habe!

Während sie auf den Knien Münzen aufsammelte, blieb ich die ganze Zeit hinter der Kasse sitzen. Mit der ersten Handvoll Geld stand sie auf und brachte es mir, ging wieder zurück und sammelte den Rest auf. Ich legte die Münzen und Scheine sorgfältig in die richtigen Fächer zurück. Es war schön, an der offenen Kasse zu sitzen. Dann kehrten wir in stillschweigender Übereinkunft auf unsere rechtmäßigen Plätze zu beiden Seiten der Theke zurück. Sie lächelte mir freundlich zu.

– Bleiben Sie, bleiben Sie noch eine Weile. Sie wischte Krümel von der Zeitung. Heute steht eine wahre Geschichte in der Zeitung, die kaum zu glauben ist.

Ich sah, dass sich das Titellayout der Zeitung, des *Jewish Daily Forward*, nicht verändert hatte.

– Was mich interessieren würde, sagte ich, um ihr zu zeigen, dass ich die Zeitung kannte, schreibt Isaac Bashevis Singer noch für den *Forward*?

– Sie können Jiddisch lesen!

– Nein, ich lese seine Bücher.

– Setzen Sie sich, setzen Sie sich eine Weile, drängte sie.

Ich setzte mich dorthin, wo jeder in solchen Bäckereien sitzt – auf die innere Kante der Schaufensterauslage, und schob vorher noch einen verirrten Bagel beiseite. Die Höhe war bequem, meine Füße standen fest auf dem Boden. Wenn ich hierblieb, in der Elm Nummer 40, würde mich Coenraad vielleicht finden. Sie las in einem Tonfall, in dem Schock und Verwunderung mitschwangen. Hier die Übersetzung:

An den Herausgeber und die Leser des *Forward*:

Ich bin eine Frau von siebzig Jahren, bei guter Gesundheit, Gott sei gelobt, und lebe seit fünfzig Jahren in Buenos Aires. Ich bin mit Kindern und Enkeln gesegnet. Meine Enkel wollen immer die Geschichten hören, die ich schon ihren Eltern erzählt habe, als sie noch jung waren, über Polen, wo ich aufgewachsen bin, und meine erste Zeit in Argentinien. Ich muss immer darauf achten, dass die Geschichten an meinem neunzehnten Geburtstag enden und erst in meinem einundzwanzigsten Jahr weitergehen. Was in der Zwischenzeit geschah, ist ein dunkles Geheimnis, das ich niemandem erzählt habe, selbst nicht meinem verstorbenen geliebten Mann, möge er in Frieden ruhen. In all den Jahren habe ich für mich behalten, was tief in meiner Seele begraben liegt. Nun, am Ende meines Lebens, verspüre ich das Bedürfnis zu beichten. Da das Alter seinen Tribut fordert, befürchte ich, dass ich sonst eines Tages mit der Wahrheit herausplatze. Aus diesem Grund schreibe ich Ihnen und Ihren zahlreichen Lesern, damit die Welt erfährt, was mir so schwer auf dem Herzen lastet, ohne dass meine Kinder und ihre Kinder unter diesem Wissen leiden müssen.

In meinem Dorf in Polen, es hieß Radom, gab es einen überragenden Talmudschüler, der aufgrund seiner großen Intelligenz als begehrteste Partie für ein glückliches Mädchen galt. Es schien ausgemacht, dass die älteste Tochter des reichsten Mannes im Ort seine Braut werden würde. Eines Tages kam dieser großartige, gutaussehende Schüler in unseren kleinen Laden, um Schmalzhering zu kaufen. Ich war erst siebzehn. Als ich meinen Ärmel hochrollte, um in das Fass zu greifen, sah ich, wie er meinen bloßen Arm anstarrte. Um es kurz zu machen, wir verliebten uns ineinander. Ein Skandal! Meine Aussteuer bestand nur aus vier Kopfkissenbezügen, und als älteste Tochter würde ich irgendwann die silbernen Kerzenleuchter meiner Mutter erben. Doch das interessierte Avrom nicht, er war ein moderner Mann, der aus Liebe heiraten wollte. Wir heirateten. Unsere Zukunft sah nicht gut aus. Mein Mann wusste nur, was im *Talmud* stand. Wie sollte er Geld verdienen und auch noch für meine verwitwete Mutter und meine drei kleinen Schwestern sorgen?

Damals, kurz vor dem Ersten Weltkrieg, wanderten viele junge Männer nach Amerika aus. Aber man musste gesund sein, und das war Avrom nicht, denn er hatte Flecken auf der Lunge. Also fuhren wir stattdessen nach Zürich, wo die Bergluft ihm guttun würde. Doch das war nicht der einzige Grund: Die Schweiz war auch ein Paradies für alle, die Veränderung verschiedenster Art suchten – Kommunisten, Anarchisten und Dadaisten. Für Avrom die perfekte Umgebung. Er schrieb sich an der Universität ein, und ich bekam Arbeit in einer Uhrenfabrik. Es war saubere Arbeit, aber die Stunden waren lang. Sonntags versuchte er, mir Lesen und Schreiben beizubringen, aber ich war zu müde zum Lernen. Manchmal ging ich mit ihm und seinen intellektuellen Freunden in ein Konzert oder ins Theater. Eines Abends im Theater faszinierte mich trotz meiner Müdigkeit ein Stück mit dem Titel *Nora oder ein Puppenheim*. Danach konnte ich nicht einschlafen. Wie konnte Nora dieses schöne große Haus verlassen! Wie konnte sie ihre Kinder den Händen von Dienstboten übergeben! Für den Rest der Nacht versuchte Avrom, mir das Stück zu erklären. Sie musste frei sein, sagte er. Um zur Arbeit zu gehen, so wie ich? Trotzdem hörte ich aufmerksam zu, während Avrom mir die Gründe für Noras Weggehen erklärte. Sie musste sich als Individuum ausleben. Danach fing ich an, die Frauen in Zürich zu beobachten. Sie hatten sich die Haare abgeschnitten, saßen in Cafés und rauchten, gingen abends allein aus und lachten viel. Für mich gab es nur harte Arbeit, Missverständnisse und Fehlgeburten. An meinem neunzehnten Geburtstag schlug auch ich eine Tür hinter mir zu. Nach der Scheidung gab mir das Rote Kreuz etwas Geld, um zurück zu meiner Familie in Polen zu fahren.

Man hatte mir ein Erste-Klasse-Abteil zugewiesen. Ich saß einem feinen Herrn gegenüber, mit zarten Händen und dickem, dunklen Haar. Nicht ganz jung, aber auch nicht zu alt. Er war sehr freundlich, kaufte mir Kaffee und eine Schachtel Pralinen. Während der Zug an sonnenbeschienenen, glitzernden Seen vorbeiraste und wir die herrlichen Schweizer Alpen hinter uns ließen, stellte ich mir das harte Leben vor, das mich in Polen erwartete – ein Leben, geprägt von Armut, Schmutz und Krankheit. Ich brach in Tränen aus. Er fragte, ob er etwas für mich tun könne. Ich erzählte ihm genau das, was Sie eben gelesen haben. Er verstand: Auch er kam aus einer Art Ghetto, den Slums von Santa Rosa in Buenos Aires, wo Leute indischer Abstammung lebten. Er beschrieb die vielen Nöte und Tragödien, die er durchgemacht hatte. Obwohl er jetzt ein wohlhabender Importeur war, hatte er sein früheres Leben nie vergessen. Seine Frau war jung gestorben. Er erzählte mir von seinen beiden mutterlosen

Töchtern. Und deshalb, erklärte er mir, suche er eine europäische Hauslehrerin für seine Kinder und bot mir die Stelle an. Ich gestand ihm, dass ich weder lesen noch schreiben konnte. Aber Sie sind intelligent und werden schnell Spanisch lernen, erwiderte er. Wir hatten uns auf Französisch unterhalten, das ich ganz passabel beherrschte, nachdem ich es buchstäblich im Schlaf von Avroms Freunden gelernt hatte, die oft die ganze Nacht in dem einzigen Raum diskutierten, den wir bewohnten. In München mussten Hector und ich umsteigen. Ich musste nicht lange überredet werden, um mit ihm einen Zug nach Hamburg zu nehmen und nicht allein nach Warschau zurückzufahren.

In Hamburg mussten wir übernachten, weil unser Schiff nach Argentinien erst am nächsten Tag ablegte. Ich hatte mein eigenes Zimmer in einem eleganten Hotel, dem *Vier Jahreszeiten*, wo das Badezimmer so groß war wie mein Zuhause in Radom. Am Nachmittag machten wir in einem Schiff, das *Die Alte Liebe* hieß, eine kurze Vergnügungsfahrt auf der Elbe. Hector schien der Name zu amüsieren; er erklärte mir, damit sei nicht eine alte Liebe gemeint, die mit der Zeit verblasst und schal geworden ist, sondern eine Liebe, die eng mit der eigenen Vergangenheit verbunden ist; eine alte verlorene Liebe; die erste Liebe vielleicht; oder eine unerwiderte Liebe, die man bis an sein Lebensende im Herzen trägt. Ich fragte mich, ob er mir damit sagen wollte, dass ich ihn an eine alte Liebe in *seinem* Leben erinnerte.

Auch an Bord des Ozeandampfers erwies sich Hector als vollkommener Gentleman. Ich hatte meine eigene Kabine. Wir trafen uns zum Essen und führten viele interessante Gespräche über unser Leben auf den entgegengesetzten Seiten des Globus. Jeden Abend tranken wir Champagner. Ich gewöhnte mich schnell an das Hochgefühl, das sich mit seinem Genuss einstellte. Dennoch blieb Hector der Inbegriff von Anständigkeit: Er begleitete mich zu meiner Kabinentür, küsste mir die Hand und murmelte: *Buenas noches, senora*. Und obwohl ich wusste, dass das Leben kein Fluss aus Champagner ist und dass, sobald meine Arbeit mit den Kindern begann, meine gemeinsam mit ihnen eingenommenen Mahlzeiten vermutlich aus Eintopf und Pudding bestehen würden, gab ich mich der ausgelassenen Stimmung der Reise hin und kostete jeden Augenblick aus. In den zwölf Nächten auf hoher See ging ich glücklich ins Bett. Nicht ohne Stolz überlegte ich, dass Hector wohl sehr großes Interesse an meinen Diensten hatte, wenn er solche Kosten und Mühen auf sich nahm. Lange vor dem Anlegen unseres Schiffes wusste ich, dass ich mich in ihn verliebt hatte. Vielleicht, wagte ich zu hoffen, würde ich sogar seine alte wiedergefundene Liebe sein.

Lieber Leser, obwohl ich inzwischen vier Sprachen beherrsche, gibt es in keiner Sprache Worte für das, was als Nächstes geschah. Am Hafen stiegen wir in ein Taxi, das uns durch die Stadt chauffierte. Dann fuhren wir eine mit Bäumen gesäumte Straße entlang, hielten vor einem schmiedeeisernen Tor, das zwei große kräftige Männer öffneten, und fuhren auf eine runde Einfahrt. Vor einer hell erleuchteten Villa blieben wir stehen. Hector nahm meinen Arm, als wir die breite Steintreppe hinaufstiegen. Schwere dunkle Holztüren wurden schwungvoll geöffnet. Ich fand mich in einem riesigen Marmorfoyer unter einem gewaltigen Kristallkronleuchter wieder. Und als ich dort mit Hector stand, huschten fünf junge blonde Frauen herbei, umarmten und küssten ihn und redeten alle durcheinander. Waren das seine kleinen Mädchen? Und dann kam ein Mann in einem schwarzen, mit rotem Satin gesäumten Cape die Treppe herunter, dann noch einer und noch einer … alle in Abendkleidung und schwarzen Lackschuhen.

Die Frau blicke mit Tränen in den Augen von der Zeitung auf.

– Ach, dieser Mörder …

– Sie glauben, er wird sie umbringen …?

– Nein, nein. Haben Sie das vergessen? Im Jiddischen gilt ein Mann, der deine Gefühle tötet, als Mörder. Und stimmt das nicht auch? Sie bringen mich um, wenn Sie meine Gefühle töten.

– Der Tod der Illusion, sagte ich zögernd.

Sie ignorierte mich und las weiter.

Lieber Leser, der Sie dies in Ihrem gemütlichen Heim, im Schoß Ihrer Familie lesen – lieber Leser, inzwischen ahnen Sie vermutlich, was mir widerfahren ist. Dieser feine Herr, dieser väterliche Hector, dieses Muster an Ehrbarkeit war ein weißer Menschenhändler! Ja, er war tatsächlich ein Importeur – von blonden Frauen für sein Bordell! Und ich, die gerade einer Art Sklaverei entkommen war, sah mich der schlimmsten Art von Versklavung gegenüber. Mein junger Körper, bereits missbraucht durch Armut und Schwangerschaft, sollte von Fremden verwüstet werden. Welch Ironie! Ich hatte mich aus einem Leben der Knechtschaft unter einem Mann befreit, nur um in einem Leben der Knechtschaft unter vielen Männern gefangen zu sein. Mein letzter Gedanke, bevor ich in Ohnmacht fiel, galt meiner Mutter. Als ich wieder das Bewusstsein erlangte, lag ich in einem großen Bett, zwischen Satinlaken, vollkommen nackt. Es war ein riesiges Zimmer mit schönen Möbeln und Spiegeln überall. Ich rannte zur Tür – sie war abgesperrt! Ich zog die schweren Brokatvorhänge beiseite – die Fenster waren verriegelt! Nirgendwo eine Spur von meinen Kleidern. In den Schränken hingen ungewöhnliche Sachen, eher Theaterkostüme und alle denkbar seltsamen Gegenstände wie Sättel und Peitschen, Spritzen und Stethoskope, Ketten und Seile. In den folgenden Tagen hätte ich alles darum gegeben, in das vertraute Elend zurückzukehren, vor dem ich weggelaufen war. Ich sehnte mich nach dem Geruch von Hering und Kerosin. Am selben Abend war, ohne dass ich es mitbekommen hatte, eine Zigeunerkarawane in der Stadt eingetroffen. Sie kampierte auf einem leerstehenden Grundstück hinter Hectors Haus.

– Lesen Sie weiter, bat ich, was ist mit ihr passiert, haben die Zigeuner sie gerettet?

– Das war alles, die Fortsetzung erscheint in einer Woche.

– Dann werde ich es nie erfahren …

– Kommen Sie doch in einer Woche wieder. Was ich vorhin gesagt habe, war nicht so gemeint …

– Ich weiß nicht, wo ich nächste Woche bin …

Im Gegensatz zu einem elektrischen Alarmsignal verkündet eine Messingglocke an einer Tür nicht nur den Eintritt eines Kunden, sondern auch sein Alter und Temperament. Ich musste mich gar nicht umdrehen, um bestätigt zu bekommen, dass mit dem kurzen, scharfen Schrillen, ein Geräusch, das ich gut kannte und das nach vertrauter Forderung klang, ein Kind eintrat, das in dieser Bäckerei zu Hause war. Ein ungefähr zehnjähriger Junge, dem bald ein jüngerer folgte, dann ein ungefähr sechsjähriges Mädchen. Jedes Kind kündigte sich mit einem Läuten an, das einem Weckruf glich: Ich bin's! Ich bin da! Ich bin da! Beim ersten raschen Öffnen der Tür verließ die Mutter ihren Posten hinter der Kasse und zog jedem Kind den kleinen Mantel aus, legte sich das Kleidungsstück über den bloßen Arm, strich jedem über das dunkle Haar und wiederholte: Du bist nass! Du bist nass!

Du bist nass! Die Kinder zeigten sich unbekümmert, dass sie in den Regen geraten waren. In der Reihenfolge des Alters zog jedes Kind den bordeauxroten Vorhang beiseite und verschwand. Bevor auch sie sich auf die andere Seite des Vorhangs begab, hielt ihre Mutter kurz inne, um mir zu sagen:

– Kommen Sie wieder, wir lesen die Geschichte zu Ende.

– Wahrscheinlich komme ich hier nicht mehr vorbei.

– Wer hindert Sie daran?

– Ich muss dorthin, wo er ist, der Mann, den ich liebe.

– Genau wie sie, die Frau in der Geschichte.

– Ganz und gar nicht, ich kann tun, was ich will.

– Glauben Sie das wirklich?

Allein in der Bäckerei, stellte ich meine Einkäufe auf den Fußboden neben einen alten Kühlschrank: eine schmerzliche Entscheidung, denn niemand verzichtet gern auf Brot. (Aus Coenraads Gleichgültigkeit gegenüber gewissen häuslichen Gesten, die ich früher gelegentlich an den Tag legte, habe ich gefolgert, dass die Insignien der Ehe gegen die romantische Liebe verstoßen. Wenn wir zusammen sind, werden keine Strümpfe aufgehängt, keine Hemden gewaschen; kein Wasser wird heiß gemacht, kein Brot mit Butter beschmiert.)

Wieder auf der Spadina, geriet ich in einen Platzregen, dem ich mich widerstandslos ergab. Ich folgte derselben Route, auf der vor hundert Jahren Schutztruppen nach Fort York marschiert waren. Aber die Geschichte der Straße interessierte mich nicht. Ebenso wenig wie die Chinesen, Portugiesen und Westinder, die überall um mich herum schleunigst Schutz suchten. Sie hatten denselben Gesichtsausdruck wie meine Leute, als sie in diese Straße zogen: ein Blick, der keine Vergangenheit enthielt und die Gegenwart nur erduldete. Doch ihre Augen leuchteten, als spiegelten sie die Zukunft wider, die um sie herum sichtbar war – eine Zukunft mit fester Kleidung, gut gefüllten Geschäften und Autos. Selbst im Regen konnte ich erkennen, dass die vermeintlich neuen Läden und Gebäude nur Fassaden über den alten waren: größere Fenster, glänzende Fliesen, ein paar Maurerarbeiten. Meine Vergangenheit war nicht ausgelöscht worden, man hatte sie nur überdeckt und ihr neue Namen in anderen Sprachen verpasst.

Kurz vor der Dundas Street weckte ein großes Schild auf der anderen Straßenseite meine Aufmerksamkeit: *Shopsy's*. Aber trotz meines heftigen Hungers brachte ich es nicht über mich hineinzugehen. Im Weitergehen schluckte ich Ströme von Speichel. Zu meiner Zeit war es ein kleines Feinkostgeschäft gewesen. Ich erinnerte mich an Shopsys Eltern. Von morgens bis abends standen sie in langen weißen Schürzen am Warmhaltetisch, blass und geduldig, die Gesichter feucht vom Dampfgarer. Zu Kindern waren sie immer freundlich. An den hinteren Teil des kleinen schmalen Ladens schloss sich ein Korridor an, der zur Lobby des jiddischen Theaters führte, und in der Pause konnten die Besucher Sandwiches, Limonade und Süßigkeiten kaufen. Einmal ging ich aus Neugierde durch Shopsy's in die dunkle Lobby, fand die Theatertüren offen vor und beobachtete eine Probe. Außer mir wusste offenbar niemand, dass die Türen während der Proben geöffnet waren. Ich lernte die Schauspieler und Schauspielerinnen kennen und hatte die Ehre, Cornedbeef-Sandwiches holen zu dürfen, von denen ich eins als Belohnung bekam. Dieses Sandwich! Ein Dichter aus Toronto beschrieb es in Proust'scher Manier als »Cornedbeef-Madeleine«. Seit damals muss ich nur in ein Sandwich beißen und schon bin ich wieder in dem leeren dunklen Theater, die Schauspieler treten auf die Bühne, und ich erlebe erneut die alten Melodramen von inzestuöser Liebe, *Dibbuks*, Mädchenhandel und Liebespaaren, getrennt durch ein grausames Schicksal.

Nachdrücklicher als die Erinnerung an solche glücklichen Augenblicke war das Bild, wie ich damals in einem heftigen Novemberregen wie diesem auf den Gehsteigen nach meiner Mutter suchte. Seit dieser Zeit habe ich die Angewohnheit, auch bei Kälte und Regen nach draußen zu gehen und mir Wasser und Tränen über das Gesicht strömen zu lassen. Man sollte nicht meinen, dass ein einziger Vorfall in eine Sucht münden kann, aber wenn Schrecken und Angst so schlimm sind wie an jenem Nachmittag, dann – vorausgesetzt es ist dieselbe Jahreszeit, dieselbe Tageszeit, dasselbe Wetter und ich kann den einzigen Menschen nicht finden, von dem mein Leben abhängt – dann suche ich wieder dieses merkwürdige, durch schreckliche Angst ausgelöste Hochgefühl.

Weinend gehe ich die Dundas entlang und erinnere mich, dass die Vermieterin rotes Haar hatte, breite Schultern und eine Knollennase; dass es etwas mit ihrem Mann zu tun hatte, der nach dem Abendessen gern in unser Dachzimmer hochkam und sich zu meiner Mutter aufs Bett setzte. Als ich eines Tages von der Schule zurückkehrte, passte sie mich oben an der Treppe vor der Haustür ab. Ich hatte kaum den Fuß auf die erste Stufe gesetzt, da schrie sie herunter: Verschwinde, du und deine Hurenmutter wohnt hier nicht mehr! Diese Tür beherrscht meine Gedanken: Ich höre sie zuschlagen; ich spüre ihr Gewicht bei dem Versuch, sie zu öffnen; ich verbinde Hass noch immer mit einer Tür, die vor mir zugesperrt wird. Ich streifte durch die Straßen und bog um viele Ecken. Es war um diese Jahreszeit; es war die

Tageszeit, als alle nach drinnen eilten. Ich ging an Häusern vorbei, in denen Lampen eingeschaltet wurden und Kinder, so stellte ich mir vor, plauderten und spielten. Schnell belebten sich die düsteren Straßen mit Vätern, die von der Arbeit nach Hause eilten, und Müttern, die Kinder von irgendwo zurückschleppten. Dann leerten sich die Straßen. Ich ging so lange, bis ich wieder zum Ausgangspunkt zurückkehrte. So lautet das Gesetz der Verlorenen. In einer dunklen Ecke der Veranda wartete ich auf meine Mutter. Ich war bis auf die Haut durchnässt und zitterte vor Kälte. Gegen zehn Uhr kam sie nach Hause, in der Zwischenzeit hatten sich meine Ängste zum Delirium ausgewachsen. Angeblich handelte es sich um eine schlimme Erkältung. Fünf Tage lang lag ich mit Fieber in diesem dunklen Dachzimmer. Niemand schaute vorbei, um mir etwas zu essen oder zu trinken zu geben. Meine Mutter tat, was sie konnte, wenn sie abends von der Arbeit nach Hause kam. Das war 1935 in der D'Arcy Street.

Hier befindet sich jetzt die Art Gallery in ihrer neuen Pracht aus Glas und Stein, sie nimmt einen ganzen Block ein. Breite, flache Stufen führen von der Straße hinauf. Ich ging schräg nach oben, ohne mich anzustrengen, blickte noch einmal zurück auf die alten schmalen Häuser gegenüber und stellte mir die von der Küche abgehenden dunklen, steilen Treppen vor, gedacht für Dienstboten, die später noch dunklere und steilere Treppen zu ihren Dachzimmern hochgehen mussten. Im selben Augenblick roch ich tatsächlich wieder die schale Luft von Dachböden. Ich eilte in das große, mit Teppich ausgelegte Foyer der Gallery, das einhielt, was es schon auf der Straße verhieß: Ruhe und Kultiviertheit. Eine Broschüre auf der Theke sagte mir, dass ich diesen Luxus bis fünf Uhr genießen durfte. Sie sagte mir auch:

Eine der schönsten Facetten der Gallery ist ihr erstes Zuhause. Von D'Arcy Boulton, jr. 1817 erbaut, erstrahlt The Grange nun in gregorianischem Glanz und vermittelt einen Hauch des Alltagslebens im frühen Toronto um 1835.

Im Keller zog ich meinen nassen Mantel und meine nassen Schuhe aus und schob sie einer lustlosen Angestellten über eine breite Theke zu. Sie reichte mir eine bezifferte Plakette und steckte den Zwilling durch den Metallhaken eines Kleiderbügels für meinen Mantel. Beim Anblick meiner durchnässten Schuhe zögerte sie, nahm sie aber schließlich mit spitzen Fingern und ausgestrecktem Arm und stellte sie unter meinen Mantel. Ich sah die Schilder, die auf Toilette und Cafeteria hinwiesen, strich mein schwarzes Kleid glatt, befühlte meine Perlenkette, ob der Verschluss richtig saß und machte mich auf den Weg in die stillen Räume, um mich dort zu verlieren. Ich würde hierbleiben, bis meine Schuhe trocken waren oder zumindest so trocken, dass ich damit zur Elm Street gehen konnte. Bei der Aussicht, vielleicht zehn oder mehr Straßen ausfindig machen zu müssen, die etwas mit Ulmen zu tun hatten, spürte ich Ärger in mir aufsteigen, weil Coenraad nicht in der ersten gewesen war; wegen der vieldeutigen botanischen Botschaft; weil er mich in diese Stadt zurückkehren ließ, um unter den Schlägen der Erinnerung zu leiden. Selbst wenn ich ihn heute Abend in meinem Bett vorfinden sollte, wäre ich nicht in der Stimmung, mit ihm zusammen zu kommen. Im Augenblick war ich nicht die feurige, attraktive Frau, die mein Geliebter kennt und will.

Oben passierten die Leute ein Drehkreuz in einem Tempo, wie es für Galeriebesucher unüblich ist. Sie steuerten hastig einen Bereich rechts an und verschwanden in einem mit *Restaurant* bezeichneten Eingang. Als ich das Drehkreuz erreichte, sagte die junge Frau, der alle die Eintrittskarten aus Plastik zeigten, in einem drängenden Tonfall: Da sind Sie ja! Sie müssen sich beeilen, die Preisverleihung beginnt jeden Moment! Etwas an meinem Äußeren weckte ihre Aufmerksamkeit. Sie blickte nach unten auf meine bestrumpften Füße. Ob sie sich Sorgen machte, ich könnte irgendeine Ehrung ohne Schuhe in Empfang nehmen? Hätte sie etwas gesagt, dann hätte ich ihr versichert, dass es keinen Grund gab, mich auszuzeichnen, es sei denn für blinde Beharrlichkeit.

Mit den anderen Besuchern ging ich in Richtung Restaurant. Beim Klang der verstärkten Kadenzen einer vorbereiteten Rede ließ ich mich zurückfallen und wurde angerempelt von Leuten, denen ich im Weg stand. Ich war hungrig, aber die Vorstellung, tyrannisiert zu werden, bis ich etwas zu essen bekomme, ließ mich die Schlange verlassen und scharf nach links schwenken. In der alten Grange ging ich einen Korridor entlang und bog in die erste der vertrauten Galerien, über deren schwarzen marmornen Eingangsbögen die Namen der Stifter in goldenen Buchstaben standen. Ohne Schuhe schlenderte ich auf dem originalen Kieferfußboden von Leinwand zu Leinwand. Sie zeigten Welten, die mir heute genauso fern waren wie vor dreißig Jahren: selige Madonnen und leidende Christi; düstere Felder und pastorale Hirten; Nymphen und Satyre; finstere flämische Porträts, dunkel, dunkel, dunkel, einziger Lichtpunkt das Weiß der Rüschen an Hals und Händen. Genau wie damals suchte ich die farbenprächtige Marchesa Casati von Augustus John. Ich traf sie wie eine lange verlorene Freundin. Da hing sie mit ihrem karottenrot gefärbten Haar, die dunklen wilden Augen auf mich gerichtet, beide Hände auf einer Hüfte. Mit zwölf hatte ich gehofft, später einmal wie sie zu werden – unabhängig, dramatisch, verführerisch. Leider habe ich nicht die geringste Ähnlichkeit mit diesem Bild – ich bin nicht sehr groß, zurückhaltend, und meine Augen sind klein, haselnussbraun, mit unsichtbaren Wimpern. Und wenn ich nicht gerade arbeite, weiß ich nie, was ich mit meinen Händen anfangen soll. Heute wie damals fand ich sie weitaus betörender als die von Malern idealisierten überreifen, rosigen Jungfrauen.

Wenn ich malen könnte, hätte ich immer einen Skizzenblock bei mir. Ich würde Bilder festhalten, die mich tief beeindrucken – eine Mutter, die zärtlich auf ein mongoloides Kind an ihrer Brust hinabblickt; einen Mann ohne Beine, der, die Stümpfe in die Luft gereckt, auf den Händen über eine mit Glasscherben bestreute Bühne tanzt (seine breiten Schultern und muskulösen Arme würde ich betonen); blinde Liebende, die sich auf dem Flughafen umarmen und ihre weißen Stöcke neben sich auf den Boden haben fallen lassen. Wenn ich einen Kohlestift schwingen könnte, würde man mich wenigstens als Frau mit einer künstlerischen Ader respektieren. Der Wärter würde mir einen Stuhl mit einer Lehne bringen, damit ich sitzen kann. Aber wenn ich eine professionelle Malerin wäre, würde mein Erfolg wohl unsere Liebe gefährden, denn in Sachen Kunst gehen Coenraads und mein Geschmack grundsätzlich auseinander. Unser einziger Streit fand bei einem Kaffee im Frick Museum in New York statt.

– Diese Frauen sind unwirklich, protestierte ich, und trotzdem stehst du wie hypnotisiert da. Siehst du denn nicht, dass sie so unecht sind wie ihre Perücken?

– Du kannst dich einfach nicht für Schönheit begeistern.

– Dir gefallen nur ihre großen Brüste und leeren Gesichter. Das viele Fleisch! Wenn du mich fragst, wird der Markt von schamlosen Akten überschwemmt.

– Zumindest sind es Menschen und kein hässliches Farbchaos, wie du es bewunderst.

– Du hast eindeutig kein Verständnis für zeitgenössische Kunst.

– Und dir fehlt der Hintergrund, um die großen Meister zu schätzen.

– Hach! Du redest immer von Verteidigung der Demokratie und gleichzeitig gierst du nach den krummbeinigen Stühlen von toten Aristokraten.

Ich stehe schon eine Weile vor einem Bonnard, wie lange, kann ich nicht sagen, vertieft in seine Farben, aber mein Blick fällt auch immer wieder auf zwei hohe Flügelfenster, durch die ein klarer, blauer Himmel sichtbar ist. Ich bin wie gelähmt. Auf einem kleinen goldenen Schild unter dem Rahmen lese ich: *Pierre Bonnard, Speisesaal mit Blick auf den Garten, vor 1933*. Ich sauge das leuchtende Rot, Violett und Orange in mir auf, bis ich nicht mehr kann. Auf dem Tisch liegt eine fliederfarbene Decke. Ich esse Obst aus goldenen Schalen mit weißem Stiel; ich trinke aus einem weißen Krug. Die Sonne, nicht direkt zu sehen, spiegelt sich in einem goldenen Oval an der linken Wand. Ich dringe weiter in die Leinwand ein, zu den Fenstern, die ich öffnen will, um den Duft aus dem Garten einzulassen. Plötzlich stoße ich auf eine gespenstische Gestalt, kaum erkennbar neben dem Fenster in der rechten Bildecke. Ich hatte sie erst nicht bemerkt, weil ihr Gesicht in demselben Rötlichbraun gehalten ist wie die Wand im Hintergrund und ihr Körper hinter einer hohen blauen Vase mit roten Rosen verborgen ist. Während ich sie anstarre und überrascht bin, dass sie immer noch da ist, stelle ich fest, dass sie den Mund vor Schmerz zusammenpresst und ihre von mir abgewandten Augen Schlitze unter geschwollenen Lidern sind. Sie ist sichtlich verzweifelt.

– Hilfe!, ruft sie flüsternd, mein verrückter Vater hält mich gefangen!

Ich sehe mich um, aber niemand ist da. Das Mädchen und ich sind allein im Speisesaal neben dem Garten.

– Hilfe! Sie müssen mich retten. Mein Vater hat mich seit zwei Monaten hier eingesperrt!

Meine Gedanken überschlagen sich: Ich habe noch nie jemanden abgewiesen, der Hilfe braucht, doch im Augenblick möchte ich nichts anfangen, was ich nicht beenden kann. Sie ist noch so jung, kaum siebzehn. Aber da ich immer davor gewarnt wurde, mich mit Fremden einzulassen, sage ich nur:

– Erzählen Sie mir mehr. Manchmal hilft es, etwas auszusprechen.

Sie verkriecht sich in ihre Nische. Ich weiß, dass verängstigte Menschen besonders empfindlich auf Fachsprache reagieren. Ich frage sie, was ich tun kann.

– Nehmen Sie mich mit!

Das ist natürlich unmöglich; ich darf nicht zulassen, dass jemand mein Vorhaben behindert. Ich schiebe mich an ihr vorbei und öffne die Flügelfenster.

– Hier geht's raus, das ist einfach – Sie steigen mit einem Fuß über den Sims, es ist nicht sehr tief, ziehen den anderen Fuß nach, dann springen Sie und sind frei!

Sie bleibt in ihrer Ecke und schüttelt den Kopf.

– Hinter diesem gemalten Raum ist nichts. Kein Himmel, keine Bäume, kein Garten. Ach, diese Künstler und ihre Tricks! Sie handeln mit Illusion: Alles ist eine Frage der Perspektive. Sehen Sie die rosa Blumen? Man könnte meinen, dass man nur die Hand ausstrecken muss, um sie zu pflücken. Doch das täuscht. Die rosa Blumen sind zwei Stockwerke tiefer im Garten neben der Tür. Wichtig ist nicht nur, was er in das Bild malt – die vielen grünen Bäume, den schönen blauen Himmel – wichtig ist auch, was er weglässt – das gehört zu der Täuschung. Was Sie nicht sehen, ist die dreieinhalb Meter hohe Steinmauer um den Garten. Es gibt kein Tor, nur den Eingang zur Küche des Hausmeisters, und der hat seine Anweisungen. Einmal wollte ich fliehen. Ich bin gesprungen und auf Stein gelandet, nicht in einem Blumenbeet, wie ich geglaubt hatte. Mein rechter Knöchel war verstaucht. Sehen Sie, er ist immer noch verbunden. Ich weinte vor Schmerz und bin zur Küchentür gehumpelt. Als der Hausmeister mich sah, rannte er zum Telefon, während seine Frau mir auf einen Stuhl half. Später rekonstruierte ich, was mein Vater in diesem Gespräch vermutlich gesagt hatte – Armes Kind, sie leidet an *petit mal*, ihre Mutter dachte, die Sonne würde ihr guttun. Nein, nein, sie ist nicht meine Tochter, so alt bin ich noch nicht, sie ist meine Nichte aus Kanada. Dieser Schuft leugnet seine Vaterschaft!

Ich gehe auf die andere Bildseite zu einem Tisch mit einem Stuhl. Ich ziehe ihn vor und setze mich. Sie erscheint kurz aus dem Halbdunkel und bittet mich, auf dem Tisch nichts zu verändern.

– Ich bin nicht in der Lage zu helfen, sage ich zu ihr, aber ich reise viel. Gibt es jemanden, den ich für Sie kontaktieren kann?

– Ja, ja, wenn Sie nach Paris kommen, erzählen Sie dem kanadischen Konsul von meiner misslichen Lage und bitten Sie ihn, die hiesigen Behörden einzuschalten. Ich warne Sie, in Frankreich ist das nicht ganz einfach. Als Minderjährige habe ich keinen Rechtsanspruch gegen meinen Vater.

Ich verspreche es. Sie setzt sich mir gegenüber an den Tisch und erzählt mir ihre Geschichte.

– Ich habe ein hartes Leben in Rimouski gegen den Glamour der Riviera getauscht. Meine arme Mutter bezog Sozialhilfe, ich musste die Schule abbrechen, die Depression wurde zunehmend schlimmer. Über Verwandte in der alten Heimat machte meine Mutter meinen Vater ausfindig und erfuhr, dass er in Antibes lebt, einem Ort, wo, wie sie annahm, trotz der schlechten Zeiten alle reich waren. Und so kam es, dass ich bei meinem Vater lebte, den ich nie gekannt hatte. Ich bin so alt wie meine Mutter, als die beiden … als ich gezeugt wurde. Ich glaube, manchmal vergaß mein Vater, wer ich war: Wenn er mich anschaute, hatte er einen seltsamen Ausdruck im Gesicht. Inzwischen sieht er mich nur noch wütend an, manchmal sogar hasserfüllt. Er spricht nicht mit mir. Und das Schlimmste ist, er lässt mich nicht aus diesem Zimmer. Zu meinem eigenen Besten, sagt er. Seit einer Woche esse ich nur trockene Brotrinde und trinke Ersatzkaffee. Das Obst in der Schale? Ist aus Wachs. Und nein, auch der Krug ist leer. Alles wurde nur um der Wirkung willen geschaffen. Mein Vater ist völlig mittellos. Ich habe nach Hause geschrieben und um Geld gebeten. Er sagt, wenn meine Mutter mich zurückhaben will, muss sie zahlen. Als ich ihm erklärte, dass sie von Sozialhilfe lebt, hat er mich als Lügnerin bezeichnet und behauptet, in Amerika seien alle reich. Mir steigen Tränen in die Augen.

– Warum tut er Ihnen das an?

– Weil ich ihm nicht gehorcht habe. Nur einmal. Einmal, mehr nicht. Ich hatte gegen seinen Willen ein Rendezvous mit einem jungen Mann. Ich lernte Emil bei einem Tanztee im Hotel Renoir kennen. Ich machte gerade einen Spaziergang, hörte die Musik und bin in das Hotel gegangen. Ich war einsam und gelangweilt. Emil war auch allein. Wir haben getanzt. Er ist ein Student aus Heidelberg. Mein Vater behauptet, er sei ein vom Hotel angestellter Zuhälter, der mich in eine Hure wie meine Mutter verwandeln soll. Oder ein deutscher Spion. Er sagt, die Deutschen sind überall. Es stimmt, aber nur als Touristen. Ich versprach Emil, am nächsten Nachmittag wieder ins Hotel zu kommen. Mein Vater verbot es mir, aber ich ging trotzdem. Ich bin es gewöhnt, auf mich allein gestellt zu sein, weil meine Mutter fast immer den ganzen Tag unterwegs war, um Arbeit zu suchen. Sie müssen mir glauben – mein Vater tut es nämlich nicht –, dass Emil und ich nie allein zusammen waren. Wir haben uns unterhalten, Limonade getrunken und getanzt. Danach bin ich sofort nach Hause gegangen. Es war erst sechs Uhr, aber mein Vater war trotzdem wütend und machte eine schlimme Szene. Wie die Mutter, so die Tochter, sagte er dauernd. Am nächsten Morgen kam ein Arzt. Ich weiß nicht, was man ihm erzählt hatte. Jedenfalls wollte er, dass ich mich hinlege und die Beine spreize. Ich weigerte mich. Dann wollten mein Vater und er mich gewaltsam zu einer Untersuchung zwingen, aber ich wehrte sie beide ab. Schließlich legte mir der Arzt ein nasses Tuch auf das Gesicht, während mein Vater mich festhielt. Als ich wieder zu mir kam, war der Arzt weg. Ich war benommen und alles tat mir weh, aber sonst fehlte mir nichts. Mein Vater will nun, dass ich in diesem Zimmer bleibe, bis meine Mutter Geld schickt oder bis er jemanden findet, der bereit ist, eine stattliche Summe für meine jungfräulichen Gefälligkeiten zu zahlen, je nachdem was zuerst der Fall ist.

– Die Welt hat sich verändert, sagte ich. Junge Frauen sind Männern nicht mehr schutzlos ausgeliefert.

– Sie mögen ja Recht haben, aber das befreit mich nicht von meinem Vater.

– Ich kenne jemanden, der bei der amerikanischen Regierung angestellt ist. Ich bringe ihn dazu, seinen Einfluss beim Botschafter in Paris geltend zu machen.

– Es ist sinnlos, flüsterte sie. Ich bin nur ein junges Mädchen. Sie werden ihm glauben und nicht mir.

Dann zog sie sich rasch in ihre Ecke zurück und verschmolz wieder mit der Wand.

In Paris war ich nur damit beschäftigt, jeden Tag auf Coenraads Ankunft zu warten, ich dachte nur an die Freude, die mir bevorstand, und jeden Morgen erinnerte ich mich nur an die zurückliegende leidenschaftliche Nacht; und am nächsten Abend wartete ich wieder auf seine Rückkehr, wartete auf das Klopfen an der Tür, wartete auf sein Eintreten … dass ich das Mädchen in Antibes vergaß. Erst als es zu spät war, als die amerikanische Botschaft 1967 vor revoltierenden Studenten verbarrikadiert werden musste und Coenraad mir die Nachricht zukommen ließ, die Stadt zu verlassen, und ich in einem Flugzeug nach London saß, fiel mir mein Versprechen wieder ein.

Ich hoffte, dass sie ihrem Vater entkommen war und Frankreich hatte verlassen können, bevor es fiel. Im Licht der folgenden Ereignisse, dem Aufstieg der Nazis, der Niederlage Frankreichs, dachte ich immer wieder an Emil. War er wirklich der, als der er sich ausgab? Ich werde es nie erfahren. Ich weinte jeden Tag von morgens bis abends. Der Arzt kam wieder und sagte, ich sei sehr krank. Er, mein Vater, täte gut daran, mich nach Kanada zurückzuschicken. Während sie sich ernst ansahen, fand ich meine Stimme wieder.

– Du hast deine Rache gehabt, du hast meine Mutter büßen lassen, du hast mich bestraft, es reicht, lass mich gehen …

Ich meinte, sie laut schreien zu hören. Jemand schrie laut. Es war ein langgezogener verzweifelter Schrei, wie man ihn an einem Grab hört. Ich blickte um mich und sah zwei Polizisten auf mich zukommen. Vielleicht war es doch noch nicht zu spät, das Gesetz einzuschalten. Als ich ihnen die traurige Geschichte erzählte, wechselten sie verschwörerische Blicke; sie blickten sich alle paar Sekunden an, als wollten sie sich versichern, dass sie beide dasselbe gesehen und gehört hatten. Gemeinsam verließen sie ihre Position mir gegenüber und stellten sich jeweils auf einer Seite von mir auf. Ihre Gesichter zeigten Entschlossenheit. Sie trugen braune Uniformen. Ich hörte etwas von einem Arzt. Meine Glieder waren taub vor Kälte, ich konnte mich nicht rühren. Erst als sie mich unerwartet sanft an den Armen packten, wurde mir klar, dass die beiden Galeriewärter waren.

– Ich kriege manchmal solche Anfälle, sagte ich langsam und deutlich, wie man es in einem fremden Land tut, *petit mal*, in ein paar Minuten wäre ich wieder in Ordnung, vielen Dank, und lehnte mit einem entschiedenen Schritt zurück weitere Hilfe ab. Wäre Coenraad bei mir gewesen, hätte er meine Erfindungsgabe gelobt. Ich hätte ihn angestupst, um ihn darauf aufmerksam zu machen, mit welcher Ernsthaftigkeit ich mich aus einer peinlichen Situation mogelte: die Art, wie ich den Wärtern fest in die Augen sah und wie ich dem Kleineren der beiden eine Hand auf die Schulter legte. Coenraad hat gesagt, mein Unvermögen, mich zu verstellen sei eher ein Laster als eine Tugend; dass ich nichts zurückhalte; dass ich ein offenes Geheimnis bin. Es ist nicht so, als ginge es für mich im Leben nur um Ehrlichkeit, um Virginia Woolf zu paraphrasieren. Sie meinte auch, dass Aufrichtigkeit der größte Fehler sei. Ich finde, in Grenzsituationen sollte man entweder lügen oder die Wahrheit sagen, je nachdem, was besser funktioniert. Bisher war es für mich gefährlicher zu lügen, als die Wahrheit zu sagen.

Mit Gedanken an Coenraad, durchdringender als ein Fieber, kehrte ich auf direktem Weg ins King Edward zurück. In dieser Stimmung habe ich immer das Gefühl, meinen Liebsten durch schiere Konzentration heraufbeschwören zu können. Als ich gegen das schwere Glas der Drehtür drückte, widerstand ich der Versuchung, durch die Lobby zum Empfang zu eilen und nach einer Nachricht zu fragen. Ich habe schon oft erlebt, dass durch Anspannung ausgelöste Verbissenheit bei Angestellten widerborstige Reaktionen bewirkt und sie *nein* sagen, ohne auch nur andeutungsweise den Kopf zu schütteln oder die Blickrichtung zu ändern. Ich habe es mit forschem Auftreten versucht und einer Miene, die ein Fingerschnippen signalisieren soll, aber ich täusche niemanden: Leute, die dafür bezahlt werden, mir zu dienen, verweigern mir schlicht den Respekt. Ich bin gezwungen, mich durch ihre Augen zu sehen: eine Frau, nicht mehr jung, in einem offenen Tweedmantel über einem schlichten schwarzen Kleid. Ein genauerer Blick würde nur zeigen, dass die Perlen an meinem Hals echt sind. Als alleinreisende Frau mittleren Alters bin ich nicht anhand meiner Begleitung zu identifizieren. Ich habe nur einen kleinen Koffer bei mir und besitze nicht einmal eine Aktentasche, die mir ein wenig Prestige verschaffen könnte. Man betrachtet mich als Frau ohne erkennbaren Plan, für deren Anwesenheit es keinen Grund gibt. Bei meiner Abreise ändern alle ihr Verhalten: Sie lächeln, wenn ich die Rechnung zahle; ein zweiter Angestellter sieht freiwillig nach, ob eine letzte Nachricht für mich da ist. Selbst der allgegenwärtige dicke Detektiv mit der Zigarre nickt mir aus seinem großen Sessel zum Abschied zu. Ihre Ängste sind ausgestanden. Ich habe keine Störung verursacht. Ich bin nicht verrückt; es wurden keine Männer gesehen, die mitten in der Nacht mein Zimmer verlassen;

kein rachsüchtiger Ehemann ist hereingestürmt; die Polizei hat keine Nachforschungen angestellt. Mit dem Gefühl für den richtigen Augenblick, über das ich immer wieder staune, wird meine Tasche auf den Vordersitz neben den Fahrer in ein wartendes Taxi verfrachtet. Mir bleibt nichts anderes übrig, als einzusteigen und mein Ziel anzugeben.

Doch jetzt musste ich in der Lobby des King Edward den mühseligen Weg über den riesigen Teppich hinter mich bringen. Meine Schuhe waren noch nass und unbequem. Ich fing an zu hinken. Die Angestellten und die wie Hilfskellner gekleideten müden alten Männer sowie einige Botaniker, die zur Bacchus Bar am anderen Ende der Lobby gingen, beobachteten mich mitfühlend. Ich zog mein linkes Bein bis zur Rezeption hinterher. Wenn die Chancen schlecht für mich stehen, schlüpfe ich in eine Rolle. Wissen Sie, ich bin verkrüppelt, ich hatte nicht so viel Glück wie Sie; es war hart, aber was wissen Sie schon davon. Die Idee kam mir bei einem Konzert. Eine berühmte Sopranistin kam langsam aus den Kulissen auf die Bühne und zog auf herzzerreißende Weise ihr lahmes Bein hinter sich her, und während wir ihren schmerzvollen Weg zur Bühnenmitte verfolgten, fanden wir sie nicht einfach nur großartig, wir waren schon zum Klatschen bereit, bevor sie überhaupt den Mund öffnete. Als ich die Rezeption erreichte, bedauerte der Angestellte aufrichtig, mir keine Nachricht überreichen zu können. Er wünschte mir einen angenehmen Abend. Ich hinkte zu den Fahrstühlen. In meinem Zimmer wechselte ich nur die nassen Schuhe gegen mein zweites Paar, dann ging ich gleich wieder nach unten und hinkte erneut durch die Lobby. Eine Hilfskraft beeilte sich, die Drehtür langsam für mich anzustoßen.

Auf der Yonge Street fand ich mich unter unentschlossenen Menschen wieder. Ich weiß, am Ende werden sie bei

Simpson's, Eaton's oder Woolworth landen und sich dort die Zeit vertreiben. Ich blieb auf der Ostseite der Straße, um nicht derselben Versuchung zu erliegen. Erst an der Elm Street überquerte ich die Straße, blieb eine Weile vor Loew's Downtown stehen und sah mir die Fotos der Filmstars kurz vor dem Liebesakt an. An der Ecke Dundas kam plötzlich ein frischer Wind auf. Bei United Clothiers hingen Mäntel und Parkas im Schaufenster.

Als ich in die Elm Street bog, stellte ich fest, dass an der Stelle, wo Nummer vier hätte sein müssen, nur eine grüne Parkbank auf einem Fleck mit halb vertrocknetem Gras stand. Dann musste ich wohl Nummer vierzig suchen, doch als ich die Straße entlangblickte, sah ich nur Verwüstung. Außer ein paar prachtvollen dreistöckigen alten Backsteingebäuden war das gesamte Zentrum der Elm Street abgerissen worden. Übrig geblieben waren lediglich ein paar kleine Restaurants, Häuser mit renovierten Fassaden, deren Schilder sie als Bruderschaften ausgaben – Adler-Orden, Oranier-Orden, Orden der serbischen Veteranen, Freimaurer, Orden der kroatischen Veteranen – sowie die Parkplätze auf den Rückseiten der Mount Sinai Klinik und des Kinderkrankenhauses. Ich ging an alten, mit Brettern zugenagelten Wohnhäusern vorbei, denen vermutlich der Abriss bevorstand. Welche Art von Verkleidung fände Coenraad für diese armselige Straße wohl passend? Während ich weiterschlenderte, gingen die Laternen an. Das weiße Licht der Natriumdampflampen warf tiefe Schatten. Nur wenige Menschen waren unterwegs. Ein ungefähr zwölfjähriges Mädchen ging an mir vorbei, und ich fing an, über Unschuld und ihren Verlust nachzugrübeln.

In Gedanken schreibe ich einen Aufsatz zu diesem Thema und werde Coenraad später davon erzählen. Mit dem Hotelpagen kann ich mich wohl kaum über Unschuld und ihren Verlust unterhalten, was nicht heißen soll, dass ich einem Hotelpagen von vornherein die Fähigkeit zu metaphysischen Einsichten abspreche. »Ich habe schon alles gesehen« ist auch eine tiefgründige Bemerkung. Aber ich möchte nichts anfangen, was ich nicht beenden kann. Es könnte schließlich sein, dass ich ihn in ein Gespräch verwickle und plötzlich aufbrechen muss. Angenommen, er hat, wie ich, Probleme mit seinem Leben, und dann komme ich mit den besten Absichten der Welt und stochere mit der heiklen Frage *Wie lange sind Sie schon Hotelpage?* in seiner Seele herum; und er fängt im Alter von siebenundvierzig Jahren an, sein existentielles Dilemma zu überdenken, und will plötzlich kein Hotelpage mehr sein – ist es meine Schuld, wenn er dann kündigt, Arbeitslosengeld bezieht, nicht mehr weiß, wie er den Tag überstehen soll, und anfängt zu trinken – bin ich dann verantwortlich für sein Schicksal?

Doch wenngleich Coenraad bei abstrakten Themen ein durchaus origineller Denker ist, lasse ich seinen Verstand bei unseren Zusammenkünften gern außen vor. Einmal fragte ich ihn nach den phänomenologischen Aspekten seiner Arbeit – die Spionage und die Verhöre, die Verkleidungen und Rätsel, das ständige Umherziehen von Land zu Land, die vielen Tricks und Täuschungsmanöver –, wollte er wirklich immer so weiterleben?

– Du sollst mich lieben, sagte er, und keine Fragen stellen. Coenraad weicht meinen Fragen immer aus.

Ich trat auf die Veranda von Nummer vierzig, dem vielleicht letzten verbliebenen Haus in der Elm Street. Zu meiner Linken war ein großes Fenster, wir nannten es früher das Wohnzimmerfenster, in dessen zur Treppe gelegenen Ecke ein rundes grünes Schild mit der Aufschrift *Metro Toronto*

License Boarding House klebte. Es gab eine Klingel, aber ich zögerte, sie zu benutzen. Nach wem sollte ich fragen? Ich kann Coenraad unmöglich beschreiben, höchstens als alleinstehenden Mann, der vor Kurzem in Toronto angekommen ist. Und mir war klar, in einer Stadt dieser Größe traf diese Beschreibung auf Tausende von Männern zu. Die Tür war nicht ganz geschlossen und gab meinem Druck nach. Ich trat in einen dunklen Flur. Dunkel, weil niemand, weder die Vermieterin noch ein Mieter, die durchgebrannte 40-Watt-Glühbirne ersetzen wollte. Und auch dunkel, weil die Bewohner ihre Türen fest verschlossen hatten, obwohl sie, wie ich mich erinnerte, weder Habseligkeiten noch Würde zu verbergen haben. Trotzdem bestehen sie auf Privatsphäre. Es roch nach Bratfett, vermischt mit altem Schmutz und den hinterlassenen Ausdünstungen von Haut, Atem und Kleidung der vielen Menschen, die in diesem Flur ein- und ausgingen.

Während ich in der Dunkelheit dastand, befielen mich Zweifel. Wo sollte ich Coenraad in diesem Mietshaus finden? Es gab zwei Stockwerke und vielleicht sogar eine Kellerwohnung. Jemand streifte mich, und einen Moment lang schlug mir das Herz bis zum Hals. Aber er (denn es war ein Er) öffnete die Tür zu einem Raum rechts von mir. Sein nach Bier riechender Atem bestätigte, dass es nicht Coenraad sein konnte, der nie trinkt, ob im Dienst oder nicht. Er ließ die Tür einen Spaltbreit offen: Ich musste nur den Kopf drehen, um hineinzusehen, doch das war gar nicht nötig. Ich kannte diese Art von »pflegeleichten« Zimmern sehr gut: ein Elektrokocher mit zwei Platten, eine abgenutzte Schlafcouch, die sich zu anderthalb Betten ausziehen lässt und ein hoher, dunkel furnierter zweitüriger Schrank. An einer Schranktür hängt ein gesprungener Spiegel, in der anderen steckt ein kleiner Schlüssel in einem kaputten Schloss, weshalb sie immer offensteht, sofern nicht ein Zeitungskeil zwischen Tür und Rahmen geschoben wird. Beim Öffnen der Tür fällt das Papier unweigerlich auf den Boden und wird dann nicht mehr zurückgesteckt, sodass die abgewetzten Schuhe und alten Mäntel darin wochenlang angestarrt werden. Außerdem steht ein kleines Radio auf dem Tisch neben dem Toaster.

Durch die offene Tür hörte ich den Fernseher. Dann wurden die elektronischen Stimmen durch echtes Geschrei, einen Knall und das (echte) Kreischen einer Frau übertönt. Solche Geräusche sind mir nicht fremd, und ich lauschte dem, was nun unweigerlich folgen musste. Erst ein kratzender Laut. Ich stellte mir vor, dass sie einen Holzstuhl in der Hand hielt, um damit entweder zum Schutz oder zum Angriff auszuholen. Ich sah ihre kräftigen, schweren Arme vor mir. Dann hörte ich sie wutentbrannt sagen: Lass mich in Ruhe, du versoffener Dreckskerl, wenn du nächstes Mal zu spät kommst, kannst du allein zu Abend essen, halte dich von mir fern, ich warne dich, wage ja nicht, mich anzufassen … Und er: Ich komme verdammt noch mal nach Hause, wann ich will, ich bin dein Mann, und wenn du nicht sofort den verdammten Stuhl hinstellst, setzt es eine Tracht Prügel …

Ich hielt mein Handgelenk in den Lichtschimmer aus der Tür und sah, dass es erst halb sieben war. Zuerst verblüffte mich die Beschwerde der Frau – schließlich essen nur Kinder vor sieben zu Abend –, bis mir die Bratheringe und Kartoffeln und das drängende »jetzt mach endlich« wieder einfielen. Jemand sagte immer: Ich bin zu müde zum Essen, auch wenn es gerade erst sechs Uhr war. Wenn der Tisch abgeräumt war, verstand es sich von selbst, dass nun jeder die letzte Tagespflicht erfüllt hatte. Ein Hauch von Freiheit stieg in uns auf – die verbleibenden Stunden gehörten uns allein.

Im Haus würde es still werden. Die Tür zur Straße würde geöffnet und diskret geschlossen werden.

Die Fernsehstimme wurde mitten im Satz abgestellt. Ich hörte den Mann in einem leisen, schmeichlerischen Tonfall sprechen und die Frau, mittlerweile besänftigt, etwas erwidern; schließlich wurde die Tür (mit einem Fußtritt?) geschlossen. Eine Zeit lang stand ich im Dunkeln, atmete die Gerüche der Armen ein und dachte, wenn Coenraad jetzt bei mir wäre, würde er meine Hand nehmen und mich von diesem Ort wegbringen, so wie damals in Manchester, als sich die Unterkunft für unser Rendezvous als Bruchbude von einem Hotel entpuppte. Er hat eine Abneigung gegen Armut, die ich nicht mit ihm teile. Coenraad weigert sich preiszugeben, ob er, wie ich, einmal sehr arm war oder ob er Entbehrung nie gekannt hat. Aber weil er in seinem Metier tagtäglich Gefahren ausgesetzt ist, muss er sich auf etwas verlassen können. Und auf mich kann er sich verlassen; ich glaube, das weiß er; ich könnte ihn überall lieben. Und trotzdem … es treibt mich immer wieder zur Armut zurück. Obwohl es Dutzende von Straßennamen gibt, die etwas mit Ulmen zu tun haben – in den Vororten, in Rosedale, in North York – zog es mich schon am ersten Tag nach meiner Rückkehr in die schäbigen Straßen meiner Kindheit. Was mir anfangs in der Nachricht offensichtlich erschien, kam mir plötzlich vage und ungewiss vor: Erwartete ich allen Ernstes, Coenraad hier zu finden?

Trotz des Verfalls der Straße stieß ich auf ein elegantes Restaurant. Obwohl es ebenfalls zugenagelt war, ließ die Fassade auf Exklusivität schließen. Sie war aus dunklem poliertem Holz, in dem sich hellgelbe Lichter spiegelten und mehrere Buntglasfenster farbige Akzente setzten. Vom Gehsteig aus konnte ich nicht ins Innere sehen. Einige gut gekleidete Paare, die Frauen stark parfümiert, gingen an mir vorbei in das Restaurant. Links der Tür hing unter Glas eine Speisekarte. Das Essen und die Preise wiesen auf eine Klientel hin, zu der ich, wenn ich wollte, durchaus gehören könnte: Mit meinem schönen schwarzen Kleid und der Perlenkette würde ich gut dazu passen, und ich weiß, wie man auf Französisch bestellt; wie man Messer und Gabel in englischer Manier benutzt; wie man betont unauffällig seine Kreditkarte auf das kleine Silbertablett mit der Rechnung legt. Doch im Augenblick wollte ich nur festhalten, was der Tag mir beschert hatte: die Begegnung in der Bäckerei, die Tränen im Regen, die erschütternde Szene mit dem Bonnard, die Gerüche im Mietshaus.

Auf der Yonge Street, zwischen Elm und Dundas, sah ich ein Schild mit eckigen Buchstaben: *Naxos*. Der Name stand ebenfalls auf einer Tür zur Linken eines Schuhgeschäfts. Ein paar Stufen führten in ein kleines, helles Restaurant. Die Bedienung und ich waren die einzigen Frauen in einem Raum voller Männer. Ihrer Kleidung nach zu urteilen kamen die meisten gerade von der Arbeit. Ob ihre Frauen noch in Europa lebten? Ich wurde zu einem kleinen Tisch gebracht, den zwei Männer, die nur dagesessen und geraucht hatten, bei meinem Näherkommen wortlos räumten. Ein Aschenbecher wurde entfernt und das Plastik über einer rotkarierten Tischdecke sauber gewischt. Doch selbst hier, in diesem schlichten Raum mit kahlen Fenstern war das Streben nach Besserem offensichtlich. Die hinter der Kasse hervorgeholte Speisekarte war aufwendig gedruckt. Obwohl die Gerichte griechische Namen hatten, waren die Überschriften in gotischer Schrift gesetzt: *Ye Starte*, und, beim Nachtisch: *Ye Finish*. Der Besitzer kam hinter der Theke hervor, um mich zu begrüßen und aufzufordern, wiederzukommen und meine Freunde mitzubringen, dann ging er zurück und kümmerte sich um meinen Fleischspieß auf dem Bratrost. In einer Jukebox hämmerte griechische Musik. Irgendwann verstummte sie, und niemand steckte mehr Münzen hinein. In einer Ecke, zwei Tische weiter, nippten vier Männer an türkischem Kaffee und rauchten Kette. An der Art, wie sie ihre Zigaretten zwischen Daumen und Zeigefinger hielten, und aus der Tatsache, dass sie Jackett, Hemd und Krawatte trugen, schloss ich, dass es sich um Intellektuelle handelte. Ihre gedämpften Stimmen und gelegentlichen Ausbrüche brachten mich auf die Idee, dass sie sich über den Militärputsch in Griechenland unterhielten. Ich überlegte, ob ich zu ihnen gehen und ihnen eine Frage stellen sollte, die mich beschäftigte. Angesichts der Folter und Repression in diesem Land befürchtete ich allerdings, sie könnten meine Worte falsch verstehen; vielleicht würde sie meine Störung misstrauisch machen und sie sähen sie als weibliche List, um Zugang zu ihren politischen Ansichten oder ihrem Geschlecht zu erhalten. Ich hätte sie gern gefragt, ob sie wussten, warum Theseus auf der Insel Naxos Ariadne verlassen hatte. Verließ er Ariadne, weil er sie nicht mehr liebte; oder, wie eine Legende behauptete, weil sein Schiff aufs Meer getrieben wurde?

Abends um neun bewegte ich mich, wie schon am Morgen, wieder gegen den Menschenstrom. Alle, die aus der U-Bahn-Station Queen Street kamen, eilten in Richtung Norden, um vermutlich die letzte Vorstellung zu erwischen oder die verbleibenden Stunden in einer Bar zu verbringen. Nur zu viert überquerten wir die Straße in die entgegengesetzte Richtung. An der King Street wartete ein älterer Mann mit mir an der Ampel. Er hielt den Blick auf die Straße gerichtet, aber als es Grün wurde, merkte ich, dass er mit mir Schritt hielt. Als ich langsam um die Ecke in Richtung Hotel bog, schlurfte er weiter gen Süden. Ich war die einzige Person auf der Straße.

Ich passierte die Drehtür und hinkte wieder wie eine Behinderte durch die Lobby; ich achtete darauf, das rechte Knie wie die Male zuvor zu beugen, und entwickelte dabei einen fast tänzerischen Rhythmus. Offenbar hatte ich mir selbst ein Handicap im sportlichen Sinn geschaffen. Der Nachtangestellte beobachtete, wie ich auf ihn zuging. Er machte ein Zugeständnis, ein kleines vielleicht, für mich aber wichtiges: Er verkündete mir seine Botschaft in einem vollständigen Satz.

– Es tut mir sehr leid, Madame, aber heute Abend ist nichts in Ihrem Fach; vielleicht kommt ja morgen eine Nachricht für Sie. Haben Sie eine gute Nacht.

Wie soll das gehen?, fragte ich mich.

Dann fiel mein Blick auf eine Gruppe Botaniker. Sieben, um genau zu sein, vier Männer und drei Frauen, noch immer mit Namensschildern. Sie standen in der Mitte der Lobby, unter dem riesigen Kronleuchter, eine ernste Versammlung in dunklen Anzügen, schwarzen Schuhen und kleingemusterten Kleidern. Ich fühlte mich zu ihnen hingezogen: Ich musste herausfinden, wer von den Delegierten das Faltblatt über die kranken Ulmen hinterlassen hatte. Möglicherweise war der zusätzliche Mann, der ohne Partnerin, Coenraad. Aber welcher? Den Wortfetzen nach zu urteilen, die ich verstehen konnte, versuchten sie zu entscheiden, was sie mit dem Rest des Abends anfangen sollten. Ich hielt mich in ihrer Nähe auf und hoffte, dass einer mein Liebster war.

Es war nicht möglich, die Paarkombinationen zu erraten, nicht anhand der Gesichter, die zugleich unpersönlich und angeregt waren; auch nicht an der Art, wie sie dastanden, nämlich zugleich weit auseinander und doch nah beisammen. Ich sah den Männern der Reihe nach in die Augen. Wenn Coenraad kein anderes sicheres Kommunikationsmittel bleibt, sieht er mir tief in die Augen und unterbricht sein unbeirrtes Starren durch dreimaliges Blinzeln. Der mit dem Adlerkopf, den buschigen Augenbrauen und dem grauen Haarbüschel mied meinen Blick; einem anderen, der mich mit schweren Augenlidern melancholisch ansah, wurde seine bordeauxrote Strickkrawatte von einer der Frauen gerichtet; der dritte kicherte gerade ausgelassen und bekam Lachfalten; der letzte stand unerschütterlich in Roots-Stiefeln da und begegnete meinem Blick, allerdings nicht mit Coenraads speziellem tiefgründigen Starren. Er hatte rotes Haar, und sein Kinn säumte in hellerem Rot ein Bart im Mennonitenstil. Diese Art von Tarnung mag Coenraad am liebsten, gut erkennbar und für einen Zeugen als Personenbeschreibung bei der Polizei leicht zu erinnern. Ich trat einen Schritt vor und sagte monoton:

– Gibt es noch Hoffnung für die Ulme?

– Man hat eine chemische Verbindung entwickelt, erwiderte der Mennonit, die man über die Wurzeln in den Ulmenstamm injiziert, um das Fortschreiten der Krankheit zu hemmen.

Der neue Code funktionierte! Coenraad hat mir eingeschärft, mich nie zu verraten, wenn wir uns in der Öffentlichkeit treffen. Aus diesem Grund behielt ich eine neutrale Miene bei und wartete auf weitere Zeichen. Der Mennonit sagte gerade, er für seinen Teil ginge jetzt gerne ins Bett, es sei ein langer Tag gewesen; darüber hinaus sei er, wieder für seinen Teil, nicht daran interessiert, in einen Nachtclub mit Oben-ohne-Bedienung zu gehen, auch wenn er als Wissenschaftler der Erste wäre, dem die Nützlichkeit der weiblichen Brust für das Überleben der menschlichen Rasse einleuchte. Das heißt, bisher jedenfalls. Es sah Coenraad ähnlich, auf Brüste anzuspielen, denn er wusste, ich würde mich an die Nächte erinnern, in denen er neben mir liegend aus dem Lied der Lieder zitierte: *Deine Brüste sind wie zwei Kitzlein, / wie die Zwillinge einer Gazelle, / die in den Lilien weiden.* Ich sagte den Botanikern, ich müsse mein Referat über *Ceratocystis ulmi* vorbereiten. Vielleicht dachten sie, meine Bemerkung wäre mir peinlich, denn die Erinnerung an Coenraad und die Vorfreude auf ihn ließen mich erröten. Der Mennonit erkannte den lateinischen Terminus für den Pilz, der die herrlichen Ulmen zerstörte. Ich hätte gern eine Kopie Ihres Referats, sagte er zu mir. Ich konnte meine Freude kaum verbergen. Auf dem Weg zu den Aufzügen verlangsamte ich mein Hinken, um Coenraad, sofern er es war, die Gelegenheit zu geben, mich einzuholen. Ich trat gerade in den Aufzug, als die sieben Botaniker ebenfalls einstiegen. Sie lachten, die Männer stießen sich mit den Ellbogen an, die Frauen senkten den Blick. Ich kam zu dem Schluss, dass ihnen die bloße Vorstellung von Voyeurismus an diesem Abend aufregend genug gewesen war. Fünf von ihnen, einschließlich des Mennoniten, stiegen im siebten Stock aus, ohne sich umzudrehen. Die anderen beiden im achten.

Widerstrebend steckte ich den Schlüssel in meine Zimmertür: Mir graute vor dem Anblick der Plastikflächen und grellen Farben, in deren Mitte ich die lange vor mir liegende Nacht ausharren musste. Als ich im Vorraum stand, brachte ich es auch nicht über mich, die zu meiner Sicherheit gedachten Riegel und Ketten vorzuschieben: Eine verschlossene Tür würde jede Hoffnung zerstören, dass Coenraad durch sie einträte: Ich musste sie mit einem raschen Drehen des

Knaufs öffnen können. Ich lehnte mit dem Rücken an der Tür, als wollte ich das Eintreten in das eigentliche Zimmer hinauszögern, das trotz der vielen Möbelstücke, des Fernsehapparats auf seinem Ständer und der Lampen, die mit einem Schalter im Vorraum eingeschaltet wurden – dieses Zimmer, das trotz der augenscheinlich vorhandenen zahlreichen Annehmlichkeiten leer war.

Ein leises Klopfen an der Tür hinter mir ließ meine Wirbelsäule vibrieren, als hätte draußen eine Explosion stattgefunden. Ich unterdrückte den Impuls, die Tür aufzureißen – vielleicht war es eine dieser Hotelspioninnen, die spätabends mit einem Handtuch über dem Arm losgeschickt werden, dann langsam ins Bad gehen und blitzschnell in jede Ecke blicken. Ich öffnete die Tür einen Spaltbreit und blieb dahinter verborgen stehen, wie man es oft in Filmen sieht, sodass Coenraad, wenn er es wäre, eine kleine Strafe, so wie Kinder sie in ihren Spielen abverlangen, dafür zahlen würde, dass er mich in den vergangenen vierundzwanzig Stunden so in Spannung gehalten hatte. Ich stellte mir vor, wie er auf der anderen Seite zögerte und nicht wusste, ob seine Geliebte oder ein Feind im Zimmer war. Aber vielleicht war eigentlich ich es, die nicht erfahren wollte, ob es mein Geliebter war oder ein Vergewaltiger, der sich Zutritt verschaffen wollte. Es gab keine Rückzugsmöglichkeit. Die Spannung, die wir beide geschaffen hatten, musste aufgelöst werden.

Vor mir stand ein Schwarzer in einem beigen Overall. Ein breiter Ledergürtel war um seine Taille gebunden. An ihm hing ein Beutel voller Werkzeuge, deren Gewicht den Gürtel weit unter die Hüfte zog. Er lehnte geduldig am Türrahmen und sagte, er sei gekommen, um das Telefon zu reparieren. Ich sagte, es müsse nicht repariert werden. Er fragte mich, woher ich das wisse, wenn ich doch eben erst zurückgekommen sei. Ich fragte ihn, woher er wiederum das wisse? Während dieses Wortwechsels dachte ich, wenn es Coenraad wäre und man ihn beobachtete, müsste er die Sache »durchziehen«, bis ich, die Bewohnerin, ihn ins Zimmer ließ. Aber ich stellte widerstrebend fest, dass der Mann vor mir außergewöhnlich groß war; sein Kopf stieß fast an den Türrahmen. Coenraad kann fast alles an sich verändern, selbst seine Hautfarbe, aber nicht seine Größe. Das heißt, mit Hilfe von Plateausohlen könnte er eine Größe von einem Meter achtzig, aber solange er keine Stelzen trug, niemals, wie dieser Mann vor mir, fast einen Meter neunzig erreichen. Er musterte mich mit einem Jetzt-geht-das-wieder-los-Blick, wie in diesen Fernsehkrimis, in denen der Mörder sich als Telefontechniker ausgibt. Ich verdeckte meine Augen, weil er darin die Erinnerung an viele Krimis las, die ich in vielen Hotelzimmern gesehen hatte, Dramen, in denen der Mörder sich Zugang zu seinem Opfer verschafft, indem er vorgibt, Telefontechniker zu sein. Ich blockierte die Tür.

– Es muss nicht repariert werden. Ich rufe niemanden an.

Ich sah zu, wie er den Flur entlangging und wartete, bis er um die Ecke bog, bevor ich wieder in mein Zimmer trat. Vielleicht war er tatsächlich ein Vergewaltiger, ein Mörder oder ein Dieb, aber ich hätte es nicht über mich gebracht, ihm die Tür vor der Nase zuzuschlagen.

Ich probierte das Telefon. Die Leitung war tot. Ich schämte mich für mein Misstrauen. Ich sagte mir, dass so viel Vorsicht zu Unsicherheit geführt hatte, und die wiederum zu Argwohn. Noch vor einem Jahr riss ich auf jedes Zeichen hin – ein Klopfen, ein Pochen, ein Läuten – die Tür auf. Im vergangenen März öffnete ich in Quito an einem Morgen die Tür, als ich leises Klopfen und schweren Atem hörte. Ein völlig aufgelöster kleiner Mann fiel mir erschöpft vor die

Füße. Weil ich annahm, dass es Coenraad war, nahm ich ihn in den Arm und zog ihn ins Zimmer. Als er vor meiner Vertraulichkeit zurückschreckte, befielen mich Zweifel. Bis zu diesem Zeitpunkt waren unsere Treffen von Mexiko über Belize über Ecuador immer glatt verlaufen. Ich überprüfte rasch unseren Code im *National Geographic* und entdeckte keinen Hinweis auf die verängstigte, abgemagerte Gestalt, die wortlos um Schutz flehte. Im selben Moment wurde ein Schlüssel ins Schloss gesteckt und ein Zimmermädchen mit einem Reinigungswagen schlüpfte herein. Es gab gedämpfte Schreie und Umarmungen. Ich half ihr, ihn in den Wäschebehälter zu heben, dann deckten wir ihn mit Handtüchern zu. Um diese Uhrzeit – es war elf Uhr vormittags – war niemand auf dem Flur außer einem anderen Zimmermädchen am entgegengesetzten Ende. Ich lief vor dem Wagen her, für den Fall, dass jemand auftauchte, der abgelenkt werden musste. Das Zimmermädchen lächelte mir dankbar und besorgt zu, als sich die Tür des Lastenaufzugs vor ihr und ihrer Fracht klappernd schloss. Als ich Coenraad von meinem Abenteuer erzählte, nahm er an, ich hätte große Angst gehabt, und er versuchte mich zu beruhigen: Das Erscheinen des Terroristen in unserem Zimmer sei purer Zufall. Das Zimmermädchen war seine Frau. Im Übrigen, fügte er hinzu, seien beide in der Wäscherei im Keller festgenommen worden.

An jenem heißen Nachmittag mit Coenraad neben mir in einem düsteren Zimmer vergaß ich alles; als wir am Abend unter einem dunkelblauen Himmel durch die Straßen schlenderten, überlegte ich nicht, was mit den beiden Gefangenen passieren würde; und als wir noch später am Abend Rum tranken und umherziehenden Sängern lauschten, die mit Falsettstimmen Liebe gestanden und verzweifelt ihre Gitarren zupften, dachte ich nicht ein einziges Mal an Folter;

und zurück in demselben Zimmer, wo wir nach einer stillen langen Liebesnacht im Morgengrauen in einen traumlosen Schlaf fielen, kam mir nicht in den Sinn, dass diese anderen beiden nie wieder einen Morgen erleben würden.

Im Flugzeug nach Guatemala dachte ich über das Wesen von Zufällen nach. War es reines Pech, das den Guerillaführer (an allen Zeitungskiosken war sein Bild auf der Titelseite) dazu verleitet hatte, in Coenraads Zimmer Schutz zu suchen; war es Schicksal, dass seine Frau als Zimmermädchen für meinen Flur zuständig war; oder war es bloßer Zufall, dass eine Verbündete, ich, die Geliebte des Mannes war, der den Befehl hatte, ihn zu fangen? ... Wieder bestürmte mich diese unheilige Dreifaltigkeit aus Zweifel, Misstrauen und Verdacht. Benutzte Coenraad mich für seine Arbeit, war seine Liebesaffäre nur eine weitere Tarnung? Es ist gut, dass das Telefon nicht funktioniert: Bei meiner überdrehten Phantasie bestünde die Gefahr, dass ich es benutze. Mit Ausnahme des Anrufs in Tikal haben Coenraad und ich aus Angst, abgehört zu werden, nie telefoniert. Hinter jeder Wand klingeln Telefone, nur ich erhalte keine Anrufe und wage es auch nicht, selbst zum Hörer zu greifen. (In dem Brief an meine Kinder werde ich betonen, dass das Telefon ab jetzt allein ihnen gehört. Ihr Vater ist zufrieden, wenn man ihm am Mittwochabend telefonisch berichtet, wie es seiner Stute im Reitstall geht, sonst findet er wenig Verwendung für den Apparat. Stellt euch vor, meine Lieben, ihr müsst nicht mehr fragen, für wen es wohl klingelt: Es klingelt für euch. Ständig habe ich euch gesagt, ihr seid hier zu Hause, aber ihr hattet nie das Gefühl, dass das Telefon euch gehört. Jetzt gehört es nur euch. Genau das werde ich schreiben.)

Ich setzte mich auf die Bettkante und betrachtete das nutzlose Ding auf dem Nachttisch. Es war beige und hatte unten eine fünf Zentimeter breite Schublade mit winzigen laminierten Seiten, die Hinweise für diverse Hoteldienste sowie Orts- und Ferngespräche enthielten. Außerdem gab es Anzeigen und die Telefonnummern für ein Taxi, einen Nachtclub, einen Begleitservice und exotische Restaurants. Das schlichte Design eines Telefons, dachte ich, täuscht darüber hinweg, dass es jederzeit ein Vorbote für Freude oder Unglück, Langeweile oder Entsetzen sein kann und dass selbst ein Schamane aus Angst vor den Geistern, die durch seine Drähte kreischen, in Ohnmacht fallen würde. Es ist gut, dass ich das Telefon nicht benutzen kann: Vielleicht wäre ich sonst versucht, die Nummer eines früheren Bekannten herauszusuchen. Was würde ich nach so langer Zeit dann wohl sagen?

– Hallo, ist da Maximilians Mutter? Hier ist Shirley Silverberg. Hören Sie. Ich muss Sie etwas fragen. Wenn Sie Ihren Sohn nicht fortgeschickt hätten und er noch ein paarmal mit mir tanzen gegangen wäre und ich mein Gesicht an seine Brust auf das seidenweiße Hemd gelegt hätte, das Sie, wie ich weiß, extra für diesen Zweck gebügelt hatten, und er seine Hand beim Tanzen vorsichtig um meine Taille gelegt und mich nach dem Verklingen der Musik an unseren Tisch geführt und nach den letzten Tönen von *The Last Waltz* leicht auf die Wange geküsst hätte (dachten Sie, wir hätten je mehr getan, als uns zu küssen?); wenn ich an einem Samstagabend meinem Vater ruhig hätte verkünden können, dass ich ins Kino gehe, und Max im Buick seines Vaters vorgefahren wäre (stattdessen murmelte ich oft ein bitteres »nirgends«, wenn mein Vater wissen wollte, wo ich gewesen war); wenn Max und ich ein paarmal telefoniert hätten in dem Frühjahr, als er seine Prüfungen ablegte, und ich ihm gesagt hätte, dass man mich von einer Stenographin zur Sekretärin befördern würde und ich mir ohnehin die Haare waschen und meine Lektüre aufholen müsse, hatte er schon mal Bernanos gelesen?; wenn er mich nach seinem Examen im Frühsommer am Herbert House von der Arbeit abgeholt hätte und wir zum See gegangen wären und uns ausgelassen und nach Luft schnappend in dem eisigen Wasser gegenseitig bespritzt hätten; und wenn wir uns hinterher, nachdem wir uns vergewissert hatten, dass niemand in der Nähe war, was um diese Jahreszeit nie der Fall war, wenn wir uns dann lange und sehnsüchtig geküsst hätten; wenn Sie mit jemand anderem zu Mittag gegessen hätten und uns gewisse Entdeckungen hätten machen lassen – seine herrische Art, meine Unverblümtheit, sein öliges Haar, meine drückenden Schuhe, seine plötzlichen Schweigephasen, meine Ausbrüche in der Straßenbahn –, dann hätten wir im Laufe der Zeit seltener miteinander telefoniert und uns am Ende vielleicht gar nicht mehr getroffen. Wenn Sie uns in Ruhe gelassen hätten, dann hätte Maximilian sich nicht die Wirbelsäule brechen und ich nicht einen Mann heiraten müssen, der mich an ihn erinnerte.

Zbigniew. Der Fehler lag nicht bei ihm. Er hatte zufällig tiefliegende Augen unter einer geraden Stirn; er hatte zufällig eine schmale Taille unter den Höhlungen seiner Rippen; und sein Hintern war klein und muskulös; seine Finger waren lang und seine Füße schmal. Er hatte zufällig diese Merkmale, und ich wollte sie für mich haben.

Zbigniew hat nichts falsch gemacht. Er atmet mir nie ins Gesicht. Er kann nichts dafür, dass ich nicht in seine ungetrübten Augen sehen kann, dass ich nicht dem Blick begegnen kann, der früher ein Geschwader kommandierte. Ich habe Angst vor Händen (seinen), die eiserne Kontrolle über Pferde ausüben. Inzwischen habe ich meine Stimme schon lange nicht mehr erhoben. Jede Aufregung meinerseits beschert mir zwei Männer in weißen Kitteln im Schlafzimmer. Die Lichter des Krankenwagens blitzen; eine Menschenmenge versammelt sich; die Sirene zerreißt die Luft; Zbigniew wird von allen bemitleidet.

Nein, mein Mann kann nichts dafür, dass ich allein in einem Hotelzimmer auf der Bettkante sitze und ein totes Telefon anstarre.

Nach einem ereignislosen Tag mit viel sinnlos verbrachter Zeit und unerfüllten Hoffnungen legte ich mich ins Bett. Mit der Verzweiflung einer Süchtigen blätterte ich die Postkarten durch. Die Farben blitzten auf: Burgen und Gärten, Brücken und Statuen, Museen und Marktplätze. Und alle, alle riefen die Szenen schärfer und detaillierter in Erinnerung als das eigentliche Geschehen, durch das ich mit taumelnden Sinnen gestolpert war. Erst im Rückblick höre ich das Läuten der Kirchenglocken, rieche das Essen an den Ständen, höre uns in der Dunkelheit murmeln, verstehe den Grund unseres Lachens. Selbst die Schweigephasen werden wieder in ihrer genauen Bedeutung spürbar. Coenraad hatte recht: Solche Erinnerungen lassen frühere Freuden aufleben. Einmal saß ich in Venedig in einer Gondel, nicht weit entfernt von der Seufzerbrücke, und schaute zu den kleinen Gitterfenstern hoch, hinter denen die Verurteilten auf dem Weg in ihre dunklen, nasskalten Zellen einen letzten Blick auf die Venezianer warfen. Ich weinte um alle, die das Wenige aufgeben mussten, das sie vom Glück kannten.

– Was ist denn los?

– Jedes Mal, wenn wir zusammen sind, denke ich, es ist vielleicht das letzte Mal.

Er versuchte mich zu trösten.

– Glück, sagte er, besteht aus Erinnerungen.

Nach und nach wichen meine Träumereien von glücklichen Stunden anderen, lästigeren Bildern. An jenem Abend in Venedig konnte ich, oder zumindest mein kanadischer Pass, Coenraad vor dem Gesetz retten. Es war nicht das erste Mal und sollte auch nicht das letzte Mal sein. Wir lagen auf Kissen in einer Gondel. Es war der 11. Mai, mein zweiundvierzigster Geburtstag. Der Gondelfahrer sang *La Donna è Mobile*, sein Ruder tauchte rhythmisch ins Wasser, und er tat, als beobachte er den Verkehr auf dem Kanal. Manchmal öffnete ich die Augen und betrachtete die Mondsichel hinter Coenraads Kopf. Wir wollten gerade unter der Rialto-Brücke hindurchfahren, als der Gondelfahrer fauchte: Schnell, *signor*, die Polizei, und er tauschte mit Coenraad Jacke und Platz. Das Motorboot der Polizei hielt neben uns, und jemand leuchtete dem Gondelfahrer mit einer Taschenlampe ins Gesicht. Ich holte meinen Pass heraus und hielt den blauen Umschlag ins Licht, während der Gondelfahrer seinen Arm von meiner Taille nahm und wild gestikulierend einen Wortschwall von sich gab, den sich die vier Polizisten lächelnd und schulterzuckend anhörten. Als sie weiterfuhren, sagte Coenraad etwas auf Italienisch. Irgendwie schienen er und der Gondelfahrer ein geheimes Wissen zu teilen, denn er, der Gondelfahrer, umarmte mich wieder. Coenraad bediente das Ruder; er versuchte nicht zu singen; wir schaukelten auf dem Wasser; ich versuchte nicht, mich aus dem festen Griff des Mannes zu befreien.

Ein weiteres Mal war es mein kanadischer Pass, der Coenraad rettete. Nach Venedig trafen wir uns im Paul Cezanne Hotel in Aix-en-Provence. Coenraad fuhr jeden Morgen mit dem ersten Zug nach Marseille und kehrte jeden Abend nach Mitternacht zurück. Er fragte mich, ob Paul Cezanne wohl etwas ahnte. Wahrscheinlich sollte das ein Witz sein. Weil Coenraad in Aix so wenig Zeit mit mir verbracht hatte, ließ er mich, als versöhnliche Geste, mit ihm im Zug nach Paris fahren. Wir hatten ein Privatabteil im Transeuropa-Express. In Lyon platzten zwei Beamte in Zivil in unser Abteil. Wir sollten unsere Pässe zeigen und unsere Koffer öffnen. Ich hielt meinen Pass mit dem in Goldschrift aufgedruckten CANADA erst dem einen, dann dem anderen vor die Nase.

– Ah, Kanada!, sagte einer leutselig und fügte hinzu, er sei froh, dass de Gaulle Quebec besucht habe. Und Sie, *Monsieur*?

Zu meiner Verwunderung holte Coenraad aus einer Innentasche seiner Jacke, die an einem Haken gegenüber hing, ein Dokument in demselben Dunkelblau hervor. Einer der Beamten hatte ein dickes Buch mit weichem Einband unterm Arm und konsultierte es, nachdem er die Nummern unserer Pässe aufgeschrieben hatte. Die beiden warfen sich lüsterne Blicke zu, die ich so deutete, dass sie uns wegen unseres halb ausgezogenen Zustands für ein kanadisches Pärchen hielten, das in Frankreich einem verbotenen Rendezvous frönte. Sie lagen nicht ganz falsch.

Im King Edward wirkt um diese späte Stunde jedes Zimmer wie versiegelt: keine Schritte im Flur, keine zuknallenden Türen. Der Lärm der Stadt hat sich gelegt. In bestimmten schlaflosen Phasen beschleicht mich eine düstere Vorahnung; mein Herz schlägt wie wild, obwohl ich ganz still daliege. Ich führe das auf eine Angst zurück, die mein Körper kennt, eine Angst, die mein Verstand nicht benennen kann. Fürchte dich nicht, rüge ich mich selbst, du bist nicht verlassen worden; Coenraad verspätet sich, mehr nicht. Vertraue dir, vertraue ihm, er liebt dich. Vergiss nicht, dass er dich liebt. Mein Herzschlag wird langsam etwas ruhiger. Ich drehe mich auf die linke Seite, doch der Schlaf will nicht kommen: Vage und unstete Gedanken füllen die Dunkelheit. Aus dem Strom schält sich eine Vorstellung: Heute hat es leicht geschneit. Die Bedeutung des Wetters kommt mir plötzlich in den Sinn. Unwillkürlich vergleiche ich unsere Treffen in kalten Klimazonen mit denen in warmen. In Ländern um den Äquator lieben wir uns am leidenschaftlichsten. Passatwinde und warme Gewässer, Stumpfheit am Tag und Leidenschaft in der Nacht. Die Hitze schürt unser fiebriges Verlangen. Was wir essen, ist mit Aphrodisiaka gewürzt. Ob in São Paulo, Rangoon oder Palermo – wir haben uns nie gestritten. Und wir sprechen auch nicht über Themen, die einen Schatten über unsere Sonne werfen könnten: über hungernde Menschen, sterbende Frauen, entstellte Kinder; über Verhaftungen in der Nacht und Hinrichtungen im Morgengrauen. Von solchen Dingen lese ich später in Flughäfen. Doch inmitten von alldem gibt es nur uns in ungetrübter Glückseligkeit. Coenraad scherzt dann sogar mit Polizisten, die Maschinengewehre tragen. In den kälteren Regionen läuft etwas falsch. Was immer der Grund sein mag – die Kälte, die Feuchtigkeit oder die graue Stimmung – wir geraten schnell in Streit. Ich muss meine Worte mit Bedacht wählen, darf keine Fragen stellen, muss geistreiche Bemerkungen vermeiden. (Amsterdam war eine Ausnahme. Vielleicht war Coenraad in der Stadt seiner Vorfahren mehr im Einklang mit sich selbst. Vielleicht weckt ein Aufenthalt unter dem Meeresspiegel den primitiven Wunsch, ins Wasser zurückzukehren. Die drei Nächte im Hotel Krasnapolski verbrachten wir mit stillen Umarmungen und langem Ausschlafen, als würden bald sämtliche Deiche brechen. Und sollten wir fortgespült werden, würde man uns aneinandergeklammert in ewiger Ruhe finden.) In Stockholm war er so reizbar und so schnell verletzt, dass er mich früher als geplant nach Edinburgh schickte. Trotz der einwöchigen Trennung blieb die Spannung zwischen uns bestehen. Coenraad konnte sich für nichts begeistern; er weigerte sich, das Schloss mit mir zu besichtigen. Nördlich des zweiundvierzigsten Breitengrades vögeln wir immer leidenschaftslos.

In Hamburg ging unsere Beziehung fast auseinander.

Ich hatte einen langen Spaziergang an der Elbe gemacht. Es war ein kalter, feuchter Märztag, und ich war froh, um vier wieder im Hotel zu sein. In Deutschland litt ich unvermeidlich unter einer zügellosen Phantasie. Aus diesem Grund war ich dankbar, dass Coenraads Nachricht mich ins Vier Jahreszeiten mit seiner ans neunzehnte Jahrhundert angelehnten Pracht geführt hatte. In dem riesigen Kamin in der Lounge knisterte ein Feuer, dessen flackernde Flammen sich auf den schimmernden Eichenwänden spiegelten. Alles glänzte: Kristall und Silber und polierte Ledersessel. Auf einem langen Tisch mit weißer Damastdecke standen an einem Ende Speisenwärmer aus Kupfer. Ein Koch mit einem hohen weißen Hut rührte eine Sauce in einer Kupferschüssel; ein Assistent zu seiner Rechten reichte ihm einen Spatel, den Holzgriff nach vorn gerichtet, wie eine Schwester ein Instrument einem Chirurgen reicht. Kellner in schwarzen Anzügen schwebten durch den Raum, ihre gestärkten weißen Schürzen waren in der Taille gebunden und flatterten an den Knöcheln über glänzenden schwarzen Schuhen. Ich saß an einem kleinen Tisch. Sofort erschienen zwei Kellner. Ich bestellte Kaffee und Kuchen. Ein dritter Kellner erschien, murmelte: *Bitte?*, zog den anderen Stuhl vor und half einer Frau, mir gegenüber Platz zu nehmen. Sie sprach mich in gebrochenem Englisch an: Ah, Sie sind da. So. Und fing an, lange weiße Kinderhandschuhe abzustreifen. Sie war korpulent, aber elegant gekleidet in einem schwarzen Samtkostüm mit weißer Satinbluse. Sie stützte Ellbogen und Brüste auf den Tisch, legte ihren (hennarot gefärbten) Kopf in die Hände und fing an, leise zu weinen. Ihre Finger waren mit Ringen bestückt: zwei Diamanten, ein breiter goldener, ein Rubin, ein Smaragd und ein Türkis. Kaffee und kleine Kuchen wurden gebracht. Sie nippte und knabberte und weinte. Obwohl man mich gewarnt hatte, nie mit Fremden zu sprechen, tat mir diese bedauernswerte Frau aufrichtig leid.

– Sie sollten nicht in der Öffentlichkeit weinen, sagte ich zu ihr.

– Das ist der einzige sichere Ort, wo ich weinen kann.

– Sie demütigen sich selbst und bringen andere in Verlegenheit.

– Das glauben Sie nur, weil Sie verliebt sind. Ja, ja, ich kann das sehen. Wenn man verliebt ist, denkt man nicht an Tränen. Wenn man aber, wie ich, zum Weinen neigt, ist es leichter, das in Gesellschaft eines glücklichen Menschen zu tun.

Ich war noch bei meiner ersten Tasse Kaffee, als ein anderer Kellner bereits eine zweite brachte. Ich wollte ihn gerade samt seinem Kaffee wegschicken, als er anfing, von einem Silbertablett ein silbernes Milchkännchen nach dem anderen vor mich hinzustellen, insgesamt sieben. Das war ein Zeichen! Um sicherzugehen, sah ich auf seine Schuhe hinab. Sie waren nicht schwarz und spitz wie die der anderen Kellner. Er trug ein Paar braune Budapester. Ich blickte zu zwei grauen warnenden Augen auf.

– Ich war nicht immer so, sagte die Frau. Es fing mit kleinen Schniefern vor dem Abendessen an, dann ein paar Tränen als Schlummertrunk. Als die leeren Tage sich weiter dahinschleppten, gewöhnte ich mir an, mir mitten am Nachmittag leidzutun. Und ehe ich mich versah, hatte ich schon vor dem Frühstück Ausbrüche. Ich vergaß zu essen: Stattdessen weinte ich. Meine Gesundheit litt. Ich wurde dünn, nervös, hatte mein Verlangen nach diesem wohltuenden Vergießen warmer, salziger Tränen nicht unter Kontrolle. Meine Liebe, mögen Sie nie den Tag erleben, an dem Sie Ihre Tränen nicht zurückhalten können. Im Augenblick ist es nicht ganz so schlimm. Ich halte bis vier Uhr nachmittags durch, dann bringt mich mein Chauffeur hierher zum Tee. Alle sind sehr nett. Ich bin nicht allein; die Leute versuchen, mir zu helfen. Oft setzt sich jemand zu mir und ist bereit, ein paar Tränen mit mir zu vergießen. Sie wären überrascht, wie viele Menschen aus allen Teilen der Welt aufgestauten Kummer mit sich herumtragen und nur ein wenig Ermutigung brauchen, um loszulassen.

Sie bot mir ein dünnes zusammengefaltetes Batisttaschentuch an, in dessen eine Ecke mit rosa Seide ein »E« gestickt war.

– Nein, danke, ich kann nicht mehr weinen.

– Sie Ärmste, es muss schrecklich gewesen sein.

– Eigentlich wäre mir nie eingefallen, meine Tränen in der Öffentlichkeit zu zeigen. Ich habe im Keller, in der Dunkelheit geweint, damit niemand davon erfuhr. Oft habe ich dabei die Wäsche gemacht.

Ihre Augen flossen über, dann bedeckte sie ihr Gesicht mit dem (nun auseinandergefalteten) Taschentuch und fing an zu schluchzen. Mein Kellner huschte herbei. Ich goss die sieben Milchkännchen in meine leere Tasse, begegnete seinem bösen Blick und sagte: Das genügt, vielen Dank.

Die Frau mir gegenüber, die, wie es so schön heißt, schon mehr als einen über den Durst getrunken hatte, ließ sich von dieser Nebenhandlung nicht ablenken.

– Mein Mann wird nächste Woche aus dem Gefängnis entlassen, sagte sie. Er hat blutende Geschwüre, ich werde Milchsuppen für ihn kochen müssen. Was soll ich jetzt mit ihm anfangen? Alles ist weitergegangen, als wäre er tot. Die Fabriken brummen, die Dienstboten führen das Haus. Früher habe ich geweint, weil er mich allein ließ; heute weine ich, weil er zurückkommt. Was soll ich tun, wenn er im Haus herumwandert und allen im Weg steht? ... Wir werden jeden Abend eine Stunde lang auf unserem Grundstück spazieren, bei jedem Wetter, bei Regen und Schnee.

– Verlassen Sie ihn, gehen Sie weit weg, es ist nicht zu spät!

– Ah, die jungen Leute, sie wissen, was sie tun müssen. Für mich ist es zu spät. Zu spät, um in fremden Betten zu schlafen. Ich habe so viel durchgemacht. Zwei Weltkriege, viele Veränderungen, meine toten Freunde, mein Sohn in Argentinien, meine Töchter in Amerika, mein Mann im Gefängnis ...

– Ihr Mann ist ein Nazi!

– Niemals. Er hat Fabriken besessen; er tat, was ihm gesagt wurde.

– Sie waren seine Frau, Sie hätten ihn aufhalten müssen!

– Er war mein Mann, er hat mich nicht gefragt, ob er Panzer herstellen soll.

Ich nickte traurig und verständnisvoll: Zbigniew verbringt die gesamte Freizeit bei seiner Stute; Coenraad (welcher Arbeit genau geht er eigentlich nach?) würde für eine zusätzliche Nacht mit mir niemals einen Auftrag verschieben.

– Verkaufen Sie Ihren Schmuck, packen Sie Ihre Taschentücher ein, gehen Sie! Sie haben gelernt, vor Fremden zu weinen; Sie können überall leben!

Es war mir unbegreiflich, warum ich diese dicke alte Frau trösten wollte, deren Existenz allein schon ein Zeichen von Schuld war, eine Frau, die in ihrem privaten Bunker zweifellos Champagner getrunken hatte, während meine Familie … weg … alle weg … ich bin die einzige, die am Leben geblieben ist. Jetzt flossen auch meine Tränen. Ich nahm das Taschentuch, das sie mir reichte, faltete es auseinander und benutzte es. Ich weinte eine Weile, still, natürlich, erleichtert darüber, dass ich noch Tränen in mir hatte. Zumindest die Toten konnte ich beweinen. Die Frau hatte mittlerweile trockene Augen. Sie war nüchtern, könnte man sagen.

– Nein, meine Liebe, verzeihen Sie mir, sagte sie, Sie waren so freundlich, aber ich kann Langeweile nicht gegen Gefahr eintauschen. Ich habe genug gelitten. Und jetzt habe ich jeden Tag um vier Uhr meine kleinen Annehmlichkeiten, auf die ich mich freue. Sie müssen zugeben, es war eine angenehme Stunde, *nicht wahr*?

An diesem Abend erwartete ich Coenraad in einem großen Bett. Ich war parfümiert und bereit. In Vorfreude auf die bevorstehende (rauschende) Nacht lag ich nackt unter der schweren Daunendecke, die Augen halb geschlossen und voller Bilder von seinem Körper, seinen Händen, seinem Mund auf meinem. Um mich zu beruhigen, drehte ich mich auf die linke Seite. Mir war zu warm. Als ich die schwere Decke von mir warf, erinnerte ich mich, wie ich meiner Mutter eine rote Daunendecke tragen half, die wir in einem Weidenkorb in diversen Zügen von Radom nach Hamburg und weiter von Ellis Island nach Toronto mit uns schleppten. Meine Gedanken an Liebe verflüchtigten sich. Plötzlich sah ich nur noch weinende Frauen. Gegen wen sollte ich meine Proteste richten? Gegen den französischen Folterknecht in Algerien, der Frantz Fanon um eine Behandlung gegen Schlaflosigkeit ersuchte, den Folterknecht, der sich beklagte, er könne nachts nicht schlafen, weil seine sturen Opfer ihm die Arbeit so schwer machten? … Ein Gefühl des Untergangs verwandelte den Raum mit seinen seidigen Wänden und schönen Möbeln in ein Ghetto. Jetzt sehnte ich mich aus einem anderen Grund nach meinem Liebsten: In seiner Nähe verschwinden Angst und Entsetzen.

Um Mitternacht kam er, noch immer in seiner Kellnerkluft, durch die unverschlossene Tür und schob einen Teewagen vor sich her. Ich war hungrig. Ich sprang aus dem Bett, rannte los und hob den Deckel von einer Silberschüssel. Im Inneren lag ein Revolver. Unter einer weißen Damastserviette in einem Brotkorb lag sein Schminkset. Seine professionellen Utensilien hätten mich warnen sollen: Vielleicht war er noch im Dienst. Coenraad war still und zurückhaltend, seine Arme hingen schlaff herab, als ich mich an ihn presste, um ihm hinten die Kellnerschürze aufzubinden. Wegen einer durchtrennten Sehne in seiner rechten Hand (Athen, 1967) kann er das als opponierbarer Daumen bekannte Prinzip nicht anwenden, und ich muss ihm öfter helfen. Gewöhnlich gleicht er das mit seiner linken Hand aus, aber es gelingt nicht immer, besonders wenn der Knoten fest ist. Ich frage mich oft, wie er zurechtkommt, wenn ich nicht bei ihm bin. Dann seufzte er erleichtert und zog seine Schuhe aus. Den Rest seiner Kleidung behielt er an. Er setzte sich in den Lesesessel mir gegenüber und richtete harte Worte an mich, die ungefähr so klangen:

– Wann lernst du endlich, nicht jedem zu vertrauen!

– Ich kann nicht mit Misstrauen leben.

– Du kennst die Regeln; entweder – oder.

– Für weinende Frauen gibt es keine Regeln.

– Sprich einfach nicht mit Fremden.

– *Au fond*, wie es immer so schön heißt, sind wir alle Fremde.

– *Exactement*. Ich verlange nur, dass du dich nicht mit Frauen von verurteilten Nazis einlässt.

– Du weißt, wer sie ist!
– Es ist meine Aufgabe, das zu wissen.
– Aber sie ist alt und harmlos.
– Niemand ist harmlos.
– Du bist paranoid.
– Ich folge Befehlen!
– Und die Agency erlaubt dir, mich zu lieben?
– Dass muss sie nicht; offiziell gibt es dich gar nicht.

Seine letzten Worte ließen mich stumm und zutiefst deprimiert zurück, besonders weil er sie ohne mit der Wimper zu zucken ausgesprochen hatte. Sein Gesicht war das eines Kellners; es hatte die graue Blässe von jemandem, der sein Leben unter düsteren elektrischen Lichtern verbringt. Er fügte hinzu:

– Im Übrigen, wann lernst du endlich, die Tür abzusperren? Dein Leichtsinn bringt mich in Gefahr.

Es war gut, dass ich meinen Spaziergang entlang der Elbe nicht erwähnt hatte, bei dem mir jemand gefolgt war.

Von Hamburg habe ich keine Postkarten. Ich will keine Andenken an eine Nacht, die wir mit dem Rücken zueinander verbracht haben, und an Coenraad, der sich beim ersten Lichtschimmer zwischen den Vorhängen anzog und dann aus dem Zimmer schlüpfte, als wäre ich nicht da.

Ich lag noch immer wach mit Erinnerungen an Hamburg, die so beunruhigend waren wie ein Alptraum. Es stimmte, offiziell gab es mich nicht. In meinem Pass stand ein falscher Name. Niemand außer Coenraad kannte meinen Aufenthaltsort. Weil ich nirgendwo gemeldet war, erschien ich nicht auf Wählerlisten. Ich war eine Fremde inmitten von Fremden. Für mich galt nicht die tröstliche Sicherheit, von anderen anhand meiner Begleitung eingeschätzt zu werden. Aber dieses einsame Leben hatte auch seine Vorteile: Wenn sich niemand um mich kümmerte, musste ich auch niemandem gefällig sein. Außer meinem Liebsten. Ich musste daran denken, wie ich ihn einmal fragte, warum er, unter allen Frauen der Welt, ausgerechnet mich gewählt hatte und liebte. Er hielt mich in den Armen und küsste mich, deshalb erinnere ich mich nur noch sinngemäß an seine Antwort. Ich glaube, er sagte etwas, das andeutete, dass auch er unter Alpträumen litt; dass er nur weitermachen könne, wenn ihn jemand liebte; dass er etwas brauche, auf das er sich freuen konnte, und dass ich vertrauenswürdig sei.

Bildete ich mir ein, dass die Straßen am nächsten Morgen weniger lebendig waren? Die Leute flanierten, als wäre es Frühling; die Autos fuhren im Schneckentempo wie auf einer Landstraße. Natürlich. Der Freitag markiert die Grenze zwischen der Arbeit der vergangenen Woche und den (erhofften) Freuden am Wochenende. Wenn ich dieses Wochenende allein sein muss, wie soll ich dann die Zeit verbringen? In jeder anderen Stadt, in jedem anderen Teil der Welt stimulieren neue Bilder und Klänge meine Sinne. Doch in dieser Stadt, die ich schon mein Leben lang kenne, weiß ich nichts mit mir anzufangen.

Diesmal mied ich die Lobby des Royal York Hotel und ging direkt nach unten ins Café, nicht aus mangelndem Selbstbewusstsein, sondern weil ich dachte, je tiefer man die wirtschaftliche Leiter hinabsteigt, desto schneller wird man bedient. Neben dem *Please Wait to be Seated*-Schild stand dieselbe Hostess. Mir fiel auf, dass die Perlen über ihrem schwarzen Kleid einer Goldkette gewichen waren. War sie etwa zu dem Schluss gelangt, in ihrer Stellung könnten Perlen leicht anmaßend wirken?

Sie ging ans andere Ende des Speisesaals, sprich, wieder weg von den Fenstern und zur Küche, wechselte aber nach einigen Schritten die Richtung und führte mich an denselben Tisch wie gestern. Ich fragte mich, ob es an meinem (inzwischen gefestigten) Widerstand lag, an meinem schwarzen Kleid und der Perlenkette, die ihrer Berufskleidung glichen, oder an der Erinnerung an die gestrigen Umwege, dass sie kapitulierte. Mein Sieg war zwar klein, aber immerhin ein Anfang.

Außer mir und der Bedienung waren an diesem Morgen nur Männer im Speisesaal. Ich schob die Speisekarte mit ihrem nummerierten Angebot beiseite und sah mich um. Heute hatte ich nicht das Gefühl, den Blick senken zu müssen: Über Nacht hatte in mir ein Wandel stattgefunden: Ich fühlte mich nicht unwohl in diesem Raum voller Männer, auch wenn er noch immer nach Bruderschaften wie Elks, Adler oder Oranier-Orden roch. Einem Mann, der zwei Tische weiter saß, konnte ich offen ins Gesicht sehen: Mir gefielen seine langen knochigen Handgelenke über seinem Teller. Zu meiner Rechten beugte sich ein junger Mann vor und platzte fast aus seiner Jacke, während er völlig aufgeregt auf Papiere zeigte, die zwischen seiner Kaffeetasse und der Tasse des ihm gegenübersitzenden Mannes lagen, der sich offensichtlich belästigt fühlte und Kopf und Schultern so weit nach hinten neigte, wie sein Stuhl es zuließ. Fast außer Sichtweite, sodass ich nach links rücken musste, um zu sehen, was zu dem dicken roten Haar gehörte, war ein schönes Gesicht mit rosa Wangen und blauen Augen. Obwohl sie meinen Blick erwiderten, waren sie unnahbar.

Dann merkte ich, dass ich eine alte Gewohnheit wiederholte, die ich mit sechzehn hatte: Ich »probierte« einen möglichen Partner an, so wie ich ein teures Kleid in einem Schaufenster in Betracht zog: Dieses oder jenes würde »gut an mir aussehen«. Anders als in meiner Jugend fand ich an diesem Morgen mehrere Möglichkeiten, die für mich in Frage kamen: Heute war ich nicht allzu wählerisch: »Pingelig« nannte mein Vater das. Ich zog sogar einen ernsten dunkelhaarigen jungen Mann in der Ecke in Erwägung, vielleicht in den Zwanzigern, der mit einem Ausdruck inneren Aufruhrs im Gesicht vermutlich Liebesgedichte schrieb – Liebesgedichte, dazu gedacht, seine Herzensdame in erotische Träume zu versetzen, so wie es vermutlich auch Coenraads Absicht war, als er mir ein Buch mit Liebesgedichten in Sanskrit schenkte.

Motten beginnen ihren tödlichen Flug
In die schlanke Flamme;
Bienen, betört von starkem Duft
Warten in der sich schließenden Blüte.

Die Sehnsucht nach meinem Liebsten ließ mich erneut einen Blick durch den Raum werfen. Wenn er hier wäre, hätte ich mittlerweile ein Zeichen erhalten – einen Blick, eine Geste, ein Wort, irgendetwas, das ich als Erinnerung an oder Verheißung auf eine Umarmung deuten könnte.

Nichts auf den Gesichtern der Männer in diesem Raum verriet, wie sie die Nacht verbracht hatten; nichts in ihren Augen deutete an, ob die vorherige Nacht vielleicht ekstatisch war; hatte einer von ihnen mehr als einen Orgasmus gehabt? War seine Leidenschaft erwidert worden? Hatte seine Partnerin nur gleichgültig ihren Beitrag geleistet? Hatte er einen wilden Abend mit seiner Geliebten verbracht und war um Mitternacht mit der Geschichte nach Hause gekommen, er habe im Reitstall bei seiner trächtigen Stute bleiben müssen? Mit der Rasur am Morgen hatten alle Männer die vergangene Nacht abgekratzt und richteten nun den Blick konzentriert auf den kommenden Tag.

Binnen Kurzem schickten sich die Männer an zu gehen; Stühle kratzten; es war Viertel vor neun. Die Bedienungen verlangsamten ihren Schritt, räumten Tische ab und steckten Trinkgelder ein. Dann kam eine zu mir, es war dieselbe wie gestern. Sie schenkte mir Kaffee ein und fragte: Und wie geht es Ihnen heute? Ich erwiderte: Sehr gut, danke. Und wie geht es Ihrer Kleinen? Die Bedienung hielt es für nötig, die Kaffeekanne abzustellen, als wäre sie plötzlich zu schwer geworden, um sie auf halber Höhe in der Luft zu halten. Was hat sie denn jetzt schon wieder angestellt! Kennen Sie Elsie, sind Sie ihre Lehrerin? Ihre Blässe erschütterte mich. Obwohl ich noch nie einen Toten von Nahem gesehen habe, nicht einmal meine Mutter, könnte man ihre graue, gelblich schimmernde Haut durchaus als tödlich bezeichnen. Meiner Ansicht nach ist es ein Grund zur Sorge – wessen? ihrer, meiner, des Hotels? –, dass sie schon so früh am Tag derart gespenstisch aussieht. Ich habe Angst um sie. Ein bestechendes Bild erscheint vor meinem geistigen Auge. Ich sehe sie zwischen Häusern hindurch über der Straße schweben, nicht in ihrer blauen Uniform, sondern in dem bedruckten Hauskleid, das sie an ihren freien Tagen trägt. Ich beobachte, wie sie unbeholfen fällt, mit baumelnden Armen, geknickten Beinen und hochgerutschtem Rock, als wollte der Wind sie ausziehen. In meiner Vorstellung erreicht sie nie den Gehsteig. Etwas weniger wortreich frage ich die Bedienung:

– Warum wollen Sie nicht leben und Ihr kleines Mädchen aufwachsen sehen?

– Was hat sie Ihnen erzählt? Sie denkt sich Sachen aus, wissen Sie.

– Es ist gegen das Gesetz, sich umzubringen. Sie haben kein Recht, ein Leben zu beenden, das Elsie gehört.

Und die Bedienung, die mit stumpfem, leerem Blick den Bleistift über den Block hält und wartet, erwidert lautlos:

– Ich kann nicht mehr weitermachen. Es ist zu hart; immer nur Arbeit, Arbeit, Arbeit; dieses Leben in einem Zimmer unter dem Dach. Und Elsie ähnelt ihrem Vater immer mehr. Was ist, wenn sie am Ende wird wie er? Sie spricht sogar wie er, ihre Worte gehen ineinander über, und ich verstehe nicht, was sie sagt. Das erinnert mich an seine Wutanfälle. Ich habe ihn verlassen, um von vorne anzufangen. Aber mein Leben ist jetzt schlimmer denn je. Und wenn ein Mann bei mir einzieht, damit ich irgendwann ein Zimmer mit einer Küche oder vielleicht sogar eine Wohnung bekomme, erzählt sie ihm Lügen über mich, und mir erzählt sie Lügen über ihn. Es spielt keine Rolle, wer er ist; er bleibt nie lange, ein Jahr oder so. Was soll ich mit ihr machen? So kann ich nicht weiterleben.

– Denken Sie an die Zukunft, denken Sie daran, womit Elsie für den Rest ihres Lebens zurechtkommen muss, wenn Sie Selbstmord begehen. Aus einem Grund, den sie nie verstehen wird, wecken Sie sie eines Sonntagmorgens auf, während die Straßenlaternen um diese Jahreszeit wahrscheinlich noch an sind, und sagen zu ihr: Bleib da stehen, und dann öffnen Sie das Dachfenster und springen. Sie wohnen in einem belebten Viertel, selbst um diese Stunde wird jemand wach sein und Sie fallen sehen. Die Polizei wird sich ihren Weg zu dem offenen Fenster bahnen, wo Elsie stillsitzt, und sie von dort wegholen. Sie ist in Sicherheit. Zumindest Elsie lebt. Elsie wird sich dann und für immer fragen, was sie falsch gemacht hat, dass ihre Mutter sich umbringen wollte.

– Ohne mich ist sie besser dran. Sie weint viel.

– Ich will Ihnen sagen, was passiert, auch wenn Sie dann tot sind und es Sie nicht mehr interessiert. Solange sie lebt, wird Elsie sich an jede Einzelheit an diesem Morgen erinnern: den Schlafanzug, den sie trug, rosa Flanell mit blauen Blumen, wie sie ihre Hausschuhe anzog, weil Sie ihr immer gesagt haben, dass sie auf dem kalten Fußboden nicht barfuß gehen soll, obwohl Sie selbst barfuß waren, wie sie Ihnen durch den Raum folgte, ohne etwas zu hinterfragen, selbst nicht, als Sie aus dem kleinen Fenster kletterten. Von diesem Morgen an wird sie nie wieder einen rosa-gestreiften Tagesanbruch sehen wollen.

– Ich habe Tabletten. Ich werde aussehen, als ob ich schlafe, mehr nicht.

– Und fünf Minuten, nachdem man Ihre Leiche gefunden hat, wird Ihr Geliebter kommen, um Ihnen seine Liebe zu erklären, mit Blumen für Sie und Geschenke für Elsie.

Sie beißt sich auf ihre zitternden Lippen.

– Sie wollen, dass ich meine Meinung ändere. Es ist zu spät. Ich werde einen netten Brief hinterlassen.

– Ach, diese Briefe, das sind doch nur Täuschungsmanöver! Vor dem letzten Akt sind der Phantasie keine Grenzen gesetzt. *Ich liebe dich. Ohne dich kann ich nicht leben. Mein Leben hat keinen Sinn. Deshalb beende ich es. Leb wohl, grausame Welt, ich gehe in eine bessere*. Und die Anweisungen! Wenn der Sarg ins Grab gesenkt wird, soll man *September Song* spielen, gesungen von Walter Huston. In der Aufbahrungshalle soll ununterbrochen der Film *Kinder des Olymp* laufen. Sie, er soll in ihrer, seiner Hochzeitstracht aufgebahrt werden. Und so weiter. Außerdem können Sie nicht sicher sein, ob Ihr Liebster Ihren Brief überhaupt findet. Ich kenne einen gescheiterten Schriftsteller, dessen Hobby das Sammeln von Abschiedsbriefen ist – er kommt dem Krankenwagen am Tatort zuvor. Er will sie als gefundene Romane veröffentlichen. Er schreibt die Ausgangslage der Geschichte auf, beschreibt den toten Protagonisten, gibt den Text des Abschiedsbriefs wieder, und der Leser erschafft dann seinen eigenen Roman. Jeder Leser ist ein Schriftsteller, sagte er mir, ein Abschiedsbrief ist ein fiktives Werk. Aber Elsie wird die Wahrheit kennen: Sie können sie nicht mit einem Brief austricksen.

Ihre Miene wechselte von Verzweiflung zu Verwirrung. Sie schrieb etwas auf ihren Block und ging plötzlich weg. Dann brachte sie Orangensaft und warmen Porridge, beides hatte ich offenbar bestellt. Sie fragte, ob ich wie gestern Rührei wolle. Der dunkelhaarige junge Mann in der Ecke sah von seinem Papier auf. Unsere Blicke trafen sich. Ich überlegte, ob ihn als Dichter meine Gedanken über Selbstmord interessieren könnten, auch wenn ich ihm nichts bedeutete. Diese abwegige Vorstellung rührte von Coenraads ausdrücklichem Wunsch, die Vergangenheit zu vergessen: Er will nichts davon wissen: Für ihn zählt nur der Moment. Coenraad, der vermutlich hilft, über das Schicksal von Nationen zu entscheiden; der vermutlich zahllose Leben in den Händen hält; der vermutlich auf der Seite des Terrors steht – dieser Mann spricht zu mir von einem Schicksal, das bestimmt hat, dass wir uns begegnen und verlieben. »Ich glaube an das Schicksal«, sagt er oft. Vielleicht hat der Blick des jungen Mannes nichts mit mir zu tun: Vielleicht sucht er nur nach einer geglückten Redewendung oder dem *mot juste*, und ich sitze lediglich in seinem Blickfeld. Was immer der Grund sein mochte, meine Beschäftigung mit ihm war ein Versuch meinerseits, im Augenblick zu leben: Ich wurde wieder die vollkommene Beobachterin, der auffiel, wie er seine Stirn in Falten legte und mit einem silbernen Kugelschreiber gegen seine Zähne klopfte. Langsam aß ich mein Frühstück Nummer vier restlos auf und verbrauchte die ganze Kaffeesahne.

Ich musste nur ein wenig die Hand heben, und schon wurde mir die Rechnung gebracht. Dann ging die Bedienung zu ihrem jungen Mann an den Tisch. Sie saß auf der Stuhlkante, jederzeit bereit, aufzustehen und rasch wegzugehen. Sie neigten die Köpfe über das Papier, von dem er offenbar vorlas.

Ob in London die Tube, in Paris die Metro oder in U-Bahnen überhaupt – ich fühle mich immer unwohl in einem Stahlwaggon unter der Erde und habe Angst, dass die automatischen Türen sich nicht öffnen oder dass sie sich nur in einem dunklen Tunnel öffnen, zu schmal, um zu entkommen. Wir sitzen mit geballten Fäusten da. Aufgrund der fehlenden Fluchtmöglichkeit, schlussfolgerte ich, befinden wir uns in U-Bahnen immer in Kampfposition. Ich war froh, an der Dundas Street auszusteigen und wieder nach oben an die frische Luft zu kommen. An der Ecke sah ich sechs Blocks entfernt eine Straßenbahn in unsere Richtung zuckeln. Als sie anhielt, wurden alle Türen geöffnet. Wir stiegen gemächlich ein. Der Schaffner strich die Umsteigetickets auf seiner Hand glatt und beantwortete gelassen Fragen. Wir stießen sanft aneinander, bis jeder einen Sitzplatz fand. In einer Straßenbahn fühle ich mich sicher. Alle zwei Blocks kann ich entscheiden, ob ich weiterfahre oder aussteige. Ich ziehe an einer Kordel, und der Schaffner weiß Bescheid. Am Ausgang muss ich nur eine Stufe hinuntersteigen und die Türen fliegen auf.

In der Parliament Street stieg ich aus, als hätte auch ich es eilig, nach Hause zu kommen. Beim Überqueren der Straßen kamen mir erste Zweifel an meiner Entscheidung für die Elm Grove. Ich befand mich in einer Gegend, die den

Armen vorbehalten war. Die schmalen Häuser standen in Zweier- oder Vierergruppen und sahen aus, als hielten sie einander in betrunkenen Winkeln aufrecht. Als die Sonne durchbrach, war sie so trübe wie die Szene, die sie beschien. Ich sah auf dem Stadtplan nach. Es war eine falsche Geste, falsch wie die blauen Plastikhyazinthen neben mir im Gras – ich kannte jede Straße in der Gegend, einschließlich der, die ich suchte; ich wusste auch, dass »Hain« ein unzutreffender Name für eine schäbige Straße ist, an der kaum ein Strauch wächst.

Hin und wieder kam ich an einer riesigen alten Villa vorbei, die ein Stück zurückgesetzt von der Straße am Ende eines mit Unkraut bewachsenen Rasens lag. Ich sah zu den Fenstern hoch und spielte wieder ein Spiel aus meiner Kindheit. Je nachdem, wie sauber die Scheiben waren, oder wie weit eine Jalousie heruntergezogen war, oder anhand des Musters und des Materials der Vorhänge schätzte ich, ob im Inneren ein alter Mann wohnte (Spitzengardinen), der Letzte einer angesehenen Hierarchie, den man eine Woche nach seinem Tod entdecken würde; ob es zwei ältere Schwestern (Chintzvorhänge) und ihr dicker, mittelalter Neffe waren, vor dem alle kleinen Mädchen gewarnt wurden; ob das Haus zwei Küchen (Blümchen und Plastik) hatte, eine oben und eine unten, das obere Mietverhältnis immer kurzfristig; oder ob die vielen Zimmer ein Zufluchtsort für Rentner, verlassene Frauen und Kinder waren oder für Junggesellen aller Altersgruppen in verschiedenen Nüchternheitsstadien (nur grüne, ganz heruntergezogene Jalousien), die alle das ursprüngliche Bad im zweiten Stock benutzten, noch immer in bemerkenswert gutem Zustand, mit Ausnahme einer Tür, die sich nur schwer schließen ließ. Ich hatte das Gefühl, dass ich eine der anderen Ulmenstraßen hätte aufsuchen sollen, in Rosedale vielleicht. Schon bevor ich zur Elm Grove kam, wusste ich um die geringe Chance, Coenraad in Lower Cabbagetown zu finden.

Doch die Gewohnheit zu hoffen war stark, und so bog ich weiter um Ecken. Nummer vier war ein großes Haus, allerdings ohne viktorianische Verzierungen aus verschnörkeltem Holz und Stuck. Es war aus schlichtem rotem Backstein mit schlichten Fenstern und erinnerte an ein umgebautes Lagerhaus. Drei Autos parkten auf dem Kies, der den Rasen ersetzt hatte. An der Ostecke des Grundstücks, nahe dem Gehsteig, stand der rohe Stumpf eines gefällten Baums, dessen Wachstumsringe sich am äußeren Rand klar und dunkel abzeichneten und zur Mitte hin von dunklen Flecken gesprenkelt wurden. Ich sah in der Broschüre nach: *»Gefäßverfärbungen im äußeren Splintholz weisen darauf hin, dass eine Ulme von der Holländischen Ulmenkrankheit befallen ist.«* Meine Hoffnung stieg: Wenn ich die Botschaft richtig entschlüsselt habe, deutet alles darauf hin, dass ich am Ort unseres Rendezvous angekommen bin: Im Namen der Straße kommt Ulme vor, die Hausnummer entspricht den Seitenzahlen der Broschüre, und der dicke Baumstumpf weist eindeutig die Kennzeichen einer kranken Ulme auf. Und was die einzige Abweichung angeht, die Zeichen der Armut, so entsinne ich mich, dass Coenraad mich einmal ermahnt hat: Nimm nichts für selbstverständlich; nichts ist vorhersehbar.

Das Haus, vor dem ich stand, befand sich weit zurückgesetzt von der Straße. Ich schaute zu einer schwarzen Tür mit einem Messingknauf, deren Anblick in mir das Bild eines schwarzen Sargs mit Messinggriffen heraufbeschwor. Mein Verstand sprang unweigerlich zu einer nächsten Schlussfolgerung: Die Broschüre war mir von der Agency als Botschaft für Coenraads Tod geschickt worden. Oder noch schlimmer, Coenraad hatte sie selbst geschickt, um das Ende unserer Liebe anzuzeigen. Vielleicht waren die Ungewissheit und die Gefahr, die unsere Liebe beflügelten, letztendlich doch zu viel für ihn. Wenn er es für notwendig hielt, das Risiko zu reduzieren, würde ich vermutlich als Erste daran glauben müssen. Während mir all das durch den Kopf ging, starrte ich auf ein Schild, dessen Aufschrift schließlich zu mir durchdrang: *Domino Costume Company. Bitte klingeln und eintreten.*

Die Halle im Inneren war zwar hell, wirkte aber dennoch düster und traurig durch den schwarzen Teppich auf den Treppenstufen und die schwarzen Türtafeln um mich herum. Ich weiß nicht, wie lange ich dastand und angespannt horchte. In Situationen, die mit Angst und Ungewissheit verbunden sind, fühle ich mich immer wie losgelöst von der Zeit, und zwar nicht im Sinne von »Ich verlor das Zeitgefühl«, sondern in dem fehlenden Gefühl, dass die Zeit überhaupt verstreicht, so als wäre ich unter Narkose. Um mich wieder zurück in die Gegenwart zu holen, klopfte ich fest und laut an die Tür zu meiner Rechten; dann an die zu meiner Linken; und noch einmal an die Tür ein Stück weiter. Alle waren abgeschlossen. Im ersten Stock ging ich genauso vor. Hier gingen fünf (schwarze) Türen von einem düsteren Flur ab. Auch sie waren verschlossen; und auch hier reagierte niemand auf mein Hämmern mit der Faust.

Als ich mich beruhigt hatte, nahm ich wahr, dass über mir etwas vor sich ging. Die Geräusche erinnerten an Schritte von mehr als einer Person und daran, dass schwere Gegenstände bewegt wurden. Bei dem Gedanken, auf den Dachboden zu gehen, erfasste mich eine Lähmung, die mir als Reaktion auf Angstsituationen in der Vergangenheit vertraut war. Wenn ich es schaffe, nach oben zu gehen, werde ich mit Sicherheit Schutz finden. Ein Dachboden ist in jeder Hinsicht weit entfernt von den Schrecken unten. Wenn ich mich dazu überwinden kann hochzugehen, wird niemand meine Anwesenheit in Frage stellen. Die Bewohner solcher Adlerhorste sind eher mit Spatzen vergleichbar als mit Falken. Ihre Einsamkeit ist das Resultat einer Natur ohne Klauen. Wer immer dort oben ist (und Coenraad ist es wohl eher nicht), wird an meinem vorsichtigen Auftreten merken, dass ich eine Schwester der Ängstlichkeit bin.

Auf dem zweiten Treppenabsatz setzte ich mich auf blankes Holz und lehnte mich an die Tür. Es überraschte mich nicht, dass man es nicht für nötig befunden hatte, die steile Treppe, die Wände und die Decke, durch die es offensichtlich geregnet hatte, zu renovieren. Coenraads Rat, den Augenblick zu genießen, ließ sich nicht auf einem Dachboden umsetzen. Ich wollte mir gerade über meine Lage klar werden – heute war Freitag, Coenraad würde zu seiner Familie fliegen müssen; es blieb nur noch dieser Nachmittag übrig; wenn ich ihn in einer anderen Ulmenstraße suchen würde, könnte ich ihn verpassen, falls er ins Hotel kam –, als plötzlich die Tür aufgerissen wurde. Vor mir stand eine riesige Gestalt in einem prächtigen mittelalterlichen Kostüm aus bunten Samtstoffen und purpurnen seidenen Strümpfen. Er war mit Gold und Juwelen geschmückt, von der glitzernden Krone auf seinem Kopf über Goldketten und Medaillen an Bändern über seiner Brust bis hin zu Ringen an den Fingern, die hektisch einen falschen Backenbart an den Wangen festdrückten. Mit justiertem Bart trat die beeindruckende Gestalt einen Schritt vor. Ich bewegte den Kopf leicht nach links, um den grellen Scheinwerfern im Raum hinter ihm auszuweichen, und sah auf diese Weise seine dicken Augenbrauen und die wild entschlossene Miene auf seinem dunklen Gesicht. Er flößte mir Angst ein: Er konnte unmöglich mein Liebster sein: Ganz gleich, wie Coenraad sich tarnte, ganz gleich, wer er vorgab zu sein, vor ihm hatte ich nie Angst. Zwischen uns herrscht immer Vertrautheit – »eine unbeschreibliche Geborgenheit«, wie jemand es einmal nannte.

– Schön, dass Sie es geschafft haben. Wir sind bereit.

Ich folgte ihm in einen Raum, der trotz der schrägen Wände sehr groß war. Außer zwei Stühlen und drei von einer Deckenschiene leuchtenden Scheinwerfern befand sich nichts in dem Raum. Eine schlanke junge Frau kam uns entgegen; sie trug ein höfisches Gewand, dessen fest gebundenes Mieder ihren Busen fast bis unter ihr Kinn hob. Deutlich sichtbar unter dem grellen Licht war ein Tattoo auf ihrer rechten Brust, knapp unter dem Schlüsselbein – eine halb aufgeblühte pinkfarbene Rose mit dunkelblauem Stängel und Blatt. Der Mann sagte mit tiefer voller Stimme zu ihr: Sie ist da, fangen wir an. Ich hatte den Eindruck, dass etwas von mir erwartet wurde, denn sie zögerten eine Weile. Ich nutzte die Chance und holte Stift und Block hervor, blätterte ein paar Seiten um (auf der ersten stand *Meine lieben Kinder*) und zückte den Stift. Sie wirkten zufrieden, fingen aber noch immer nicht an. Er wandte sich an mich:

– Waren Sie schon im ersten Stock?

– Die Türen waren abgeschlossen.

– Dort sind unsere Kulissen gelagert. Die Requisiteure sind sehr gut; die Echtheit der Folterkammer, des Waffenlagers, der Schatzkammer, des Gartens und selbst der Burgteile wird Sie überzeugen. In jedem Raum ist eine enthauptete Frau, außer natürlich in dem mit der Brüstung, von der sie (er zeigte auf das Tattoo) sich zu stürzen droht, um ihrem Schicksal zu entfliehen. Er wandte sich an die Frau und sagte: Bleib da stehen, Issa; du musst den Dirigenten beobachten. Zu mir sagte er: Am Anfang des zweiten Aktes stehen wir am Fenster in meinem Schlafgemach und blicken auf mein Königreich, das ich ihr eben angeboten habe, wenn sie mir gehorcht. Issa schwenkte ihr langes blondes Haar zurück und summte: »mi… mi… mi…« in verschiedenen Tonhöhen, während er an mich gewandt fortfuhr.

– Eigentlich sollten ihre Schwestern hier sein, um sie zu retten. Leider lässt es unser Budget nicht zu, noch zwei oder mehr Frauen zu engagieren, die in das Wehklagen und Angstgeschrei miteinstimmen. Es geht doch nichts über einen Chor von hohen Frauenstimmen, nicht wahr? Nun denn, wo sind wir? Genau. Judith interessiert sich sehr für meine Vergangenheit. Sie gibt sich nicht zufrieden mit den schockierenden Wahrheiten, die sie herausgefunden hat, und ist entschlossen, noch tiefer zu bohren. Sie muss alles wissen, um jeden Preis. In der Szene, die wir Ihnen vorspielen, gestehen Blaubart und Judith einander ihre Liebe. Wegen dieser Liebe besteht noch ein kleiner Hoffnungsschimmer. Aber nur, wenn Judith die Sache auf sich beruhen lässt und sich mit Blaubarts Liebe und den damit verbundenen Reichtümern begnügt. (An Issa gewandt) Du hast verstanden: Eben hast du den kopflosen Körper einer meiner früheren Frauen gesehen. Du bist erschüttert, abcr fasziniert. Du bist entschlossener denn je, meine Seele zu ergründen, und wirst nicht ruhen, bevor du nicht die ganze Wahrheit über mich weißt. Die Oboe wiederholt das Liebesthema, dann setze ich bei Takt 46 ein. Ich flehe dich an. (An mich gewandt) Dieser Raum ist zu klein für kraftvolle Stimmen, wir werden *sotto voce* singen müssen.

Blaubart fing an, in einer leicht nasalen Tonhöhe zu singen.

B. – Du hast meine früheren Geliebten gesehen; sie ließen ihr Blut, um meine Blumen zu nähren.

Judith erwiderte in einem süßen reinen Ton:

J. – Nicht noch mehr, Blaubart, nicht noch mehr, nicht noch mehr, nicht noch mehr. Ich bin noch hier.

B. – Morgen, Mittag und Abend, sie gehörten mir. In Zukunft gehören alle meine Tage und Nächte nur noch dir.

J. – Blaubart, Blaubart, verschone mich, verschone mich!

B. – Du bist reizend, überaus reizend, du bist die Königin meiner Frauen. (Leidenschaftliche Umarmung) Fürchtest du dich?

J. – Gib mir die Schlüssel, Blaubart, gib sie mir, weil ich dich liebe.

Eine lange Pause schloss sich an, in der Seiten umgeblättert wurden. Ich stellte mir vor, wie das unsichtbare Orchester unheilverkündende Klänge spielte. Judith fuhr fort:

J. – Gib mir die Schlüssel zu allen Türen. Ich muss in jedes Zimmer.

B. – Sag mir, warum du das willst, Judith.

J. – Weil ich dich liebe. Ich bin hier und ich gehöre dir. Zeige mir deine Geheimnisse; lass mich in jedes Zimmer.

B. – Du sollst alles sehen, aber nichts fragen. Sieh dich satt, aber stell keine Fragen. Judith, liebe mich und stell keine Fragen.

J. – Sag mir, sag, liebster Blaubart, sag mir, wen hast du vor mir geliebt?

B. – Küss mich, küss mich, frage nicht.

J. – Sag mir, wie du sie geliebt hast, war sie schön, hast du sie mehr geliebt als mich, mein Blaubart?

B. – Küss mich, küss mich, frage nicht.
J. – Lass alle Türen öffnen.
B. – Judith, Judith, ich muss dich küssen. Komm, ich warte.
J. – Lass alle Türen öffnen.

Keine anderthalb Meter vor mir wurden zärtliche Küsse und sinnliche Freuden ausgetauscht.

Normalerweise mag ich keine Opernlibretti: Meist handelt es sich um absurde Erzählungen von besessener Liebe, Angst und Tod; doch die schmerzliche Intensität von Blaubarts Dilemma verbunden mit den schönen Stimmen ließen mich aufstehen und laut »Bravo!« rufen. Als Blaubart und Issa sich professionell vor mir verbeugten, wurde mir klar, dass sie mich für eine Person mit künstlerischem Zartgefühl, vielleicht sogar für eine Musikkritikerin hielten. Ich machte mir weiter Notizen in mein Buch. Die Bewegung von Stift auf Papier schien sie zu freuen, denn Blaubart und Issa lächelten sich an. Was ich schrieb war: *Ich bin eine Person mit künstlerischem Zartgefühl; um den Mantel des Künstlers zu tragen, muss man nur mit den Armen durch die Ärmel schlüpfen.*

Als Novizin in der Kunst der Täuschung war ich unsicher, was ich als Nächstes tun sollte. Wenn ich blieb und erklärte, dass ich nicht die war, für die sie mich hielten, würden sie vermutlich glauben, sie hätten einen großartigen Versuch an mich verschwendet, und vielleicht wütend werden. Deshalb sagte ich, ich müsse rechtzeitig zum Redaktionsschluss meiner Zeitung zurück sein und brauchte ihre Namen und so weiter, worauf Blaubart in das Zimmer ging und mit ein paar rosa-grünen Hochglanzzetteln zurückkehrte. Auf einer Seite war er in Kostüm und mit Bart abgebildet und blickte drohend vor einem Hintergrund, den ich als Casa Loma erkannte. In der unteren rechten Ecke war ein kleines Foto von der Hände ringenden Issa. Dann schärfte mir Blaubart die auf der Rückseite gedruckten Namen, Aufführungstermine und Preise ein. Ich las, dass die Oper *Herzog Blaubarts Burg* von Béla Bartók war. Dann steckte ich den Schreibblock in meine Handtasche, bedankte mich und ging mit zielstrebiger Miene die Treppe hinunter.

Sobald ich um die Ecke gebogen und außer Sichtweite war, setzte ich mich auf die Stufen vor einem Haus, das ich für leerstehend hielt; man hatte die Fenster durch Sperrholz ersetzt. Ich musste meine Lage überdenken, die heute, am Freitag, einen kritischen Punkt erreichte. Es blieben noch dreiundzwanzig Straßen zu überprüfen, die etwas mit Ulmen zu tun hatten. Langsam zweifelte ich an meiner Interpretation der Botschaft. Andererseits schickte Coenraad um vier vielleicht noch eine Nachricht für unser Rendezvous in der nächsten Woche. Ich kam zu dem Schluss, dass sich die nächsten sorgenvollen Stunden am besten überstehen ließen, wenn ich mich mit einem Film ablenkte.

Das prachtvolle Loew's meiner Erinnerung war einem effizienten System von fünf kleinen Sälen gewichen. Ich entschied mich für *French Connection*. Um mich herum verstreut saßen, allein oder zu zweit in einer Reihe, einsame Männer und einsame Frauen, die auf den Beginn des Films warteten. Gehörte auch ich zu den Einzelgängern?, fragte ich mich und staunte selbst über diesen Gedanken, aber ich musste zugeben, dass ich mich in derselben Lage befand wie sie: Ich saß mitten am Nachmittag in einem dunklen Kino, weil ich keinen Grund hatte, woanders zu sein. Aber vielleicht machten wir auch alle nur eine Verschnaufpause, ruhten uns aus, erklärten ein Moratorium gegenüber dem, mit dem wir uns eigentlich zu beschäftigen hatten. Wir saßen aufrecht da, schauten geradeaus, die Handtasche auf dem Schoß, der ordentlich gefaltete Mantel auf dem leeren Platz daneben, und warteten auf das Erlöschen der Lichter. Aus zwei Lautsprechern in den Ecken neben der (mit einem Vorhang bedeckten) Leinwand schallte fröhliche Marschmusik; blaue, grüne und rote Stroboskoplichter jagten sich entlang der beiden Wände. Die Musik verstummte, die Deckenscheinwerfer wurden ausgeschaltet, der Vorhang teilte sich, die Leinwand blieb einen Augenblick lang weiß, dann folgten Bilder eines Films, der demnächst im Kino laufen würde.

Fernando Rey wird nach einer langen Verfolgungsjagd entlang des alten Hafens in Marseille von Gene Hackman ermordet. Er wird im Parc du Pharo ermordet, mit Blick auf die grünen Hänge, auf denen Coenraad und ich ausgestreckt in der Sonne lagen. *Connais-tu le pays?* Wir kannten das Land sehr gut, nicht wahr, denn du warst ständig in Marseille unterwegs, während ich jeden Tag Stadtrundfahrten machte, und wenn du um Mitternacht nach Aries zurückkamst und im Dunkeln die Arme um mich legtest, erzählte ich dir, was ich gesehen hatte, aber du hast mir verschwiegen, wo du gewesen bist. Als ich das englische Graffiti »Onanieren ist die einzige Lösung« auf einer Mauer in der Nähe der Universität erwähnte, hast du gelacht und meintest, junge Leute hätten es wirklich nicht leicht.

Wieder auf der Yonge Street eilte ich gegen den Menschenstrom nach Hause. Allem Anschein nach hatten viele die Arbeit früher beendet, um das Wochenende zu verlängern. Gesichter nähern und entfernen sich. Es herrscht dichter Verkehr; die Autos haben ihre Lichter an und verwandeln den Nachmittag scheinbar in den Einbruch der Nacht.

In der Hotellobby sah ich auf den ersten Blick, dass die Botaniker abreisten. Ihr Gepäck war überall verstreut. Teile von Flora und Fauna ragten aus Papiertüten, zusammengerollten Zeitungen und kleinen Blumentöpfen. Es gab eine Schlange, allerdings nur am Kassenschalter, was ich erleichtert zur Kenntnis nahm, denn meine Sorge galt dem Empfangschef. Die Uhr hinter ihm zeigte 16:12. Er war bereit für mich: keine Post, keine Nachricht. In meiner Eile hatte ich vergessen zu hinken. Es war mir egal: Mitleid würde auch nichts ändern: Coenraad kam nicht.

Das Wochenende hatte begonnen, ich würde wieder allein sein. Allein und ohne Verabredung, auf die ich mich freuen konnte, deren Erwartung meine Gedanken beflügelt und meine Einsamkeit erträglich gemacht hätte, was konnte ich jetzt anderes tun, als in mein Zimmer zu gehen und Postkarten zu betrachten? … Geräusche stiegen in meiner Kehle auf und drohten, sich in einem Schrei Bahn zu brechen. Um die Fassung zu wahren, tat ich so, als würde ich mir die Broschüren ansehen, die in drei ordentlichen Stapeln auf der Theke lagen. Ich nahm jeweils ein Exemplar von *Key to Toronto* und *What's Happening*. Der dritte Stapel bestand aus Nachdrucken des Artikels über die Holländische Ulmenkrankheit, die vierseitigen Kopien so gefaltet, dass oben das (inzwischen vertraute) Bild einer kahlen Ulme und darunter das Wort *Opfer!* zu sehen war.

– Woher kommen die?, fragte ich den Empfangschef.

– Sie – er nickte in Richtung der Schlange stehenden Botaniker – haben gebeten, die Broschüren hier auszulegen. Nehmen Sie eine, ist umsonst.

– Ich hab schon eine. Sie lag in meinem Fach.

– Ja, jetzt erinnere ich mich, ich habe eine in jedes Fach gelegt.

Mein gewohnter Bewegungsdrang führte mich fort von der Rezeption, als hätte ich ein klares Ziel, aber eigentlich wollte ich die schockierende Gewissheit verbergen, die sich vermutlich auf meinem Gesicht spiegelte. All meine klugen Mutmaßungen waren falsch gewesen; im Flugzeug war keine Botschaft; die Seiten der botanischen Broschüre hatten mit todgeweihten Bäumen zu tun – mehr nicht. Ich hatte mich völlig verrannt.

Ein halbes Dutzend schäbiger grauhaariger Männer saß im Kreis unter dem prächtigen Kronleuchter und schien das Gepäck der Botaniker zu ihren Füßen zu bewachen. Sie waren aus der Kälte hereingeschlendert und würden das ganze Wochenende hier sitzen. Im Laufe des Tages würde einer nach dem anderen ohne ein Wort oder ein Augenblinzeln seinen Platz verlassen, um die Marmorsäulen herum nach unten in die Cafeteria gehen und sich den Bauch mit Kartoffelbrei vollschlagen. Sie würden in ihren Mänteln dasitzen, um notfalls sofort aufbrechen zu können. Sie werden reglos dasitzen wie Statuen. Am Samstag und Sonntag, wenn das Hotel verlassen ist, wird sich der Hausdetektiv über ihre Gesellschaft freuen. Auf dem Weg durch die Lobby bog ich nach rechts anstatt zu den Fahrstühlen. Mein Umweg führte mich zur Bar, deren düsterer Eingang ganz und gar nicht dem entsprach, was die zittrigen Buchstaben auf dem Schild darüber verhießen: *Bacchus Lounge*. Links neben dem Schild war eine Gestalt gemalt, die wohl den Gott des Weines darstellen sollte. Sie sah aus wie von einem Amateur gemalt, der sich vielleicht an die Gemälde von bacchantischen Göttern im römischen Nationalmuseum erinnert hatte. Die Arme und Beine des Satyrs waren kurz und standen in keinem Verhältnis zu seinen wuchtigen Händen und riesigen Füßen. Er hatte eine Stupsnase, traurige Augen und einen Mund, der sich an den Winkeln zu einem gutmütigen Grinsen aufwärts bog. Auf seinem roten Lockenschopf saß eine Krone aus Weinblättern, und er trug ein loses Gewand aus rotblauen Weintrauben. Rechts neben dem Schild war die Figur einer jungen Frau, die in ihrer erhobenen Hand einen Weinkrug hielt; ihr durchsichtiges Kleid offenbarte die Wölbungen von Brust, Hüfte und Schenkeln. Auch sie war mit Weinblättern umkränzt. Vermutlich sollte sie eine Mänade darstellen, die für Bacchus sang und tanzte. Beide Figuren waren primitiv gezeichnet, beschworen aber dennoch Bilder von rauschhaften Feiern herauf. Aus unerfindlichem Grund war ich nie oft in Bars gegangen; vielleicht lag es daran, dass ich es als Untreue gegenüber Coenraad empfunden hätte, meine Zeit trinkend mit anderen Männern zu verbringen. Während ich zögerte, um mich langsam an den dunklen Innenraum zu gewöhnen, marschierten energisch vier ältere Frauen an mir vorbei und schüttelten Wassertropfen von den Plastikhauben, die sie vorsichtig von ihrem steifen grauen Haar zogen. Mein schlechtes Gewissen oder ein ähnliches Gefühl bewogen mich, einen Blick zurückzuwerfen. Ich sah, wie der Detektiv rasch den Kopf senkte und so tat, als binde er sich die Schnürsenkel zu, aber ich wusste, er hatte mich auf dem Weg in die Bar beobachtet.

Kaum hatte ich die Schwelle überschritten, war ich froh über meine Entscheidung: Die dunklen Gesichter und das leise Stimmengemurmel verströmten die Atmosphäre einer Zuflucht. Ich ging weiter und wich Kellnerinnen in schwarzen Strümpfen aus, bis ich die Bar erreichte. Das schlichte Erklettern des Barhockers erwies sich als peinliches Manöver mit dem Hintern, weil ich die Beine nicht unschicklich spreizen wollte. Unsere Köpfe spiegelten sich hinter drei Flaschenreihen, sodass wir wie die vierte Reihe aussahen, aber unsere Gesichter waren auf dem dunklen Spiegel nur unscharf zu sehen. Am deutlichsten spiegelten sich meine Perlenkette und die weißen Kragen und Manschetten der Männer. Wir erinnerten ein wenig an die Figuren Rembrandts mit ihren reinweißen Krausen an Hals und Handgelenken. Ohne den Kopf zu drehen, hörte ich, was die Frau links von mir zu ihrer Freundin sagte, deren graues Haar im Spiegel schimmerte.

– Nächsten März werde ich fünfundsechzig. Ich habe immer nur für die Arbeit gelebt, und jetzt wirft man mich weg wie einen ausgelatschten Schuh. Die jungen Leute warten nur darauf, mich loszuwerden. Aber für das, was ich alleine schaffe, wird man drei von denen brauchen.

– Du hättest bei einem deiner vier Männer bleiben sollen.

– Diese Typen! Totale Nieten. Der einzige Mann, den ich je geliebt habe, ist gestorben, als ich noch eine Braut war. Wir haben zwei Jahre lang Flitterwochen gefeiert. Ich hätte in diesem Auto mit ihm sterben sollen. Mein Leben war sowieso nutzlos.

Ihre Notlage beflügelte meine Phantasie, und ich betrachtete ihr Spiegelbild. Eine schmale Hutkrempe über ihrem einen Auge ließ sie beschwipst aussehen. Plötzlich verschwand sie aus dem Spiegel, wirbelte auf ihrem Barhocker herum und sah mich an.

– Was tun Sie hier!

– Ich trinke nur etwas.

– Warum hier, es gibt noch mehr Bars in der Straße.

– Ich vertreibe mir die Zeit. Ich warte auf eine Nachricht.

– Das sagen Sie. Aber ich weiß – diese Frau hat Sie geschickt, um uns auszuspionieren.

– Sie verwechseln mich mit jemandem. Ich heiße Lola Montez und bin hier nur zu Besuch.

– Sie lügen, ich traue Ihnen nicht. Nehmen Sie's nicht persönlich. Aber sie will mich zur Rede stellen. Ich hab ihr ihren teuren Percy genommen, und sie lässt nicht nach, bis sie ihn zurückhat. Verduften Sie, Schätzchen, oder es wird Ihnen leidtun.

Der Barkeeper war mit Flaschen und Gläsern beschäftigt, behielt sie aber im Auge. Sie paffte wie wild an einer Zigarette, die sie nicht aus dem Mund nahm; der Rauch zwang sie, das Auge unter dem Hut zu schließen, wodurch ihre Worte ziemlich komisch klangen. Ich musste lächeln. Sie drückte ihre Zigarette aus. Als sie ein Feuerzeug aus ihrer Handtasche holte, dachte ich, sie wolle sich eine neue Zigarette anstecken. Stattdessen hielt sie mir die Flamme vor die Nase. Ich habe gesagt, verduften Sie, sagte sie. Ich glitt vom Hocker, bahnte mir einen Weg durch den Raum und rempelte dabei Leute an. Dann setzte ich mich an einen leeren Ecktisch, weil ich nicht den Mut hatte, mich nochmal zu fremden Menschen zu begeben, die, wie ich, allein waren, auch wenn viele freundlich von ihren Drinks aufblickten.

Um mich herum herrschte fröhliches, geselliges Treiben. Nach einer Stunde waren die Bedienung, der Barkeeper und ich die Einzigen ohne Trinkgesellschaft in der Bacchus Lounge. An einem Ort wie diesem, dachte ich, bringt mir meine Fähigkeit, allein dazusitzen, höchstens die Aufforderung, noch einen (den dritten) Drink zu bestellen. Trotzdem sah ich mich interessiert um. Ich hätte nichts dagegen gehabt, wenn sich jemand zu mir gesetzt hätte. In genau diesem Augenblick sah ich, eingerahmt in der Tür, den Botaniker, der seine Augen an das Halbdunkel gewöhnte und den ich aufgrund seines Bartschnitts für »den Mennoniten« hielt. Ich winkte ihm zu. Er kam unverzüglich zu mir.

– Da sind Sie ja! Sie wollten mir Ihren Aufsatz über *Ceratocystis ulmi* zu lesen geben.

Er trug noch immer ein Namensschild am Revers. *Andrew O'Hara*, und darunter *Umweltschützer*. Irgendwie ist O'Hara kein Name, den ich mit Mennoniten verbinde. Er bestellte einen doppelten Martini.

– Es gibt keinen Aufsatz. Ich bin keine Botanikerin. Ich bin nicht die, für die Sie mich halten, sagte ich.

– Ich bin auch nicht der, für den ich mich halte. Lassen Sie mich das erklären. Als ich vierzehn war, kam eines Tages nach der Schule eine Frau auf mich zu. Sie nannte mich bei meinem Namen, das heißt dem Namen, den mir meine Adoptiveltern gegeben haben. Sie fragte, ob ich Lust auf einen Hamburger und Kaffee bei Fran's hätte. Klar, sagte ich. Im Restaurant folgte ich ihr ganz nach hinten. Sie wählte einen Tisch für zwei und setzte sich mit dem Gesicht zur Wand. Sie konnte also nur mich ansehen, und das tat sie ununterbrochen. Sie bestellte sich einen doppelten Martini und betrachtete mich beim Essen. Hin und wieder fragte sie, wie es mir in der Schule ginge, sie hoffe, ich würde fleißig lernen, was ich später werden möchte, Ingenieur, Arzt? Zwischendurch starrte sie mich nur an. Ich bekam noch einen Eisbecher mit Karamellsauce und sie noch einen doppelten Martini. Bevor wir gingen, fragte sie, ob ich etwas brauchte, und bestand darauf, mir fünf Dollar zu geben. Ich war im zweiten Jahr an der Highschool. Für den Rest des Jahres wartete sie jeden Montag am Fuß der Treppe. Mir schien, dass es wohl ihr freier Tag war. Und jede Woche wiederholte sich alles: derselbe Tisch, dasselbe Starren und dieselben Fragen: Nun, junger Mann, wie kommst du zurecht?; und, Andy, hast du dich diese Woche in der Schule angestrengt? Und die doppelten Martinis und die Hamburger und Eisbecher und der Fünf-

Dollar-Schein. Das alles verschwieg ich meiner Mutter, der es nicht gefiel, dass ich jede Woche »bei einem Freund zum Essen« blieb, zumal die lästigen Aufgaben an diesen Abenden spät erledigt wurden. Sie hätte mit Sicherheit nie zugelassen, dass ich mich mit dieser Frau anfreunde, weil sie ständig auf die unbeschreiblichen Gefahren anspielte, die einem blühen, wenn man sich mit Fremden einlässt.

Ich stellte mir alle möglichen Gründe für die Anteilnahme dieser Frau vor. Wer immer sie war, sie war die erste Person, der ich etwas zu bedeuten schien. Mir kam oft der Gedanke, dass sie meine richtige Mutter war, auch wenn uns äußerlich gar nichts miteinander verband. Sie war klein und mollig und sehr dunkel, mit winzigen Händen und Füßen. In der viktorianischen Literatur hätte man sie als Eurasierin bezeichnet. Sie hatte ein ganz erstaunliches Lächeln, perfekte weiße Zähne. Ich wollte sie oft freiheraus fragen: Bist du meine Mutter, war ich ein uneheliches Kind, hast du mich zur Adoption freigegeben, willst du mich jetzt wieder als deinen Sohn zurückhaben? Aber ich hatte Angst zu fragen, denn in jedem Fall wäre meine Verzweiflung unerträglich gewesen. Am letzten Montag im Mai erschien sie nicht. Ich wartete den ganzen Tag, die nächste Woche und die übernächste. Ich sah sie nie wieder. Ich fand nie heraus, wer sie war. Meine Adoptivmutter hegte keine großen Gefühle für mich. Mit sechzehn gab sie mir meine Adoptionspapiere und sagte, ich solle verschwinden, ich sei jetzt alt genug, um für mich selbst zu sorgen.

– Menschen können sehr grausam sein, sagte ich.

– Bitte weinen Sie nicht, sagte er.

– Und Ihr Name, von wem stammt er?

– Den habe ich schon immer gehabt, er gehört jetzt mir. Und Ihr Name …?

– Ich benutze den Namen Lola Montez. Sie war eine wunderschöne, kluge und mutige Frau.

– Warum nicht der Name, den Ihre Eltern Ihnen gegeben haben?

– Wenn ich in den Spiegel schaue, sehe ich das tragische Gesicht meiner Mutter.

– Wo ich lebe, gibt es keine Spiegel. Bei mir können Sie ganz Sie selbst sein.

– Sie meinen, ich soll mit Ihnen gehen?

– Keine Angst, ich will Ihnen nicht die Kunst an meinen Wänden zeigen. Mein Zimmer ist voller Orchideen. Das ist mein Hobby.

– Wie können Sie mit empfindlichen Blumen herumspielen, wenn die Ulmen vom Aussterben bedroht sind?

– Das schmerzt mich auch. Ich habe gesehen, wie Männer in Overalls die abgestorbenen Bäume mit einem großen weißen X markieren. Und ich habe gesehen, wie andere Männer in Overalls die Ulmen fällen und sie Ast für Ast in eine kreischende unersättliche Maschine stecken. Nur der Stumpf bleibt übrig.

– Als ich klein war, wurden arme Mütter und Kinder im Sommer für eine Woche in die Nähe von Bolton aufs Land verschickt. Es war freies Weideland; manchmal wurde es unglaublich heiß. Ich erinnere mich an einen Nachmittag, als wir uns während der Ruhezeit aus dem Zelt schlichen. Wir gingen eine Seitenstraße entlang, die hohe stattliche Ulmen säumten. Wir legten uns in den üppigen Schatten eines Baums.

– In einigen Fällen haben sich befallene Bäume aufgrund ihrer Fähigkeit, den Pilz unter resistenteren Gewebeschichten zu versiegeln, wieder vollkommen erholt.

– Haben Sie gesehen, wie ihre Blätter im Sommer gelb werden, sich einrollen und verwelken?

– Aber es gibt Hoffnung. Das Forstamt hat in der Elm Avenue eine widerstandsfähigere Art namens Quebec Ulme gepflanzt.

– Welche Elm Avenue?

– In Rosedale. Überflüssig vielleicht, aber ein Anfang. Mögen Sie Musik, Wiener Walzer, ungarische Tänze? Ich spiele Ihnen Musik vor. Sie werden sich wohlfühlen.

– Dazu müsste ich mich vorbereiten: Ich kann meine Pläne nicht einfach so ändern.

– Morgen passt es jederzeit. Hier finden Sie mich (er schrieb auf die Rückseite seines Getränkeuntersetzers), ich habe kein Telefon.

Wir gaben uns feierlich die Hand, und ich ging.

Sobald ich mich von Bacchus und seinen Trauben verabschiedet und den Eingangsbogen der Lounge hinter mir gelassen hatte, musste ich wieder die Lobby durchqueren und spürte dabei den scharfen Blick des Detektivs, der sich offenbar nicht von der Stelle gerührt hatte. Ich musste wieder in einen leeren Aufzug steigen und dann durch die spärlich beleuchteten, leeren Gänge zu meinem Zimmer gehen; der Schlüssel wurde ins Schloss gesteckt; als ich im Vorraum auf den Schalter drückte, knallte mit einem leisen *Plopp* eine Glühbirne durch. Unter der Lampe auf dem Nachttisch erwartete mich der Postkartenstapel. Als ich mich jedoch in die Kissen zurücklehnte, um mich einem verträumten Abend hinzugeben, fand ich nicht eine einzige Karte, die mir gefiel. Alle sahen aus wie das, was sie waren: bunte Bilder von weit entfernten Orten. An diesem Abend klammerte sich meine Phantasie hartnäckig an das Bild von Andrew O'Hara, wie er in der Tür stand, und an das Gefühl seiner weichen Hand.

Ich gab das Zufallsprinzip auf und ging meine Erinnerungsstücke Karte für Karte durch, bis ich die fand, über die ich mich immer so freute, dass ich sie manchmal, wenn ich zufällig auf sie stieß, auf die untere Seite des Stapels packte, damit sie mich nicht die ganze Nacht wachhielt. Es war ein Foto vom Drake Hotel in Chicago. Das Bild versetzte mich zurück in ein Labyrinth von Gängen, in eines der eintausendachtzehn Zimmer, Nummer 1432 im vierzehnten Stock, zweite Tür rechts von den Fahrstühlen. Die Karte erinnerte mich an den Abend, als Coenraad seinen ersten Auftritt hatte und den ich in einer Klarheit vor mir sah, wie man sie sonst nur im Schock nach einer blendenden Explosion oder einer Nacht voller Wehen erlebt. Und selbst wenn der Schock eine Folge unbändiger Freude ist, nehmen gewöhnliche Dinge wie Holz oder Plastik oder Stoff wundersame und mysteriöse Formen und Farben an. Die Sinne sind geschärft, als wäre das eigene Leben selbst im Paradies in Gefahr.

In dieser Nacht in Chicago fiel ich in einen tiefen, schwarzen und leeren Schlaf, nachdem ich drei Schlaftabletten aus meinem Medikamentenvorrat geschluckt hatte. Etwas oder jemand im Raum weckte oder vielmehr schreckte mich aus meinem süßen Vergessen. Ich konnte nichts sehen, nahm aber ein Wesen am Fuß meines Bettes wahr. Plötzlich wurde der Raum durch das blauweiße Licht des Fernsehbildschirms auf der anderen Seite durchflutet. Der Ton war stumm geschaltet. Ich richtete mich auf und sah einen Mann auf einem Pferd in Richtung Horizont galoppieren. In meinem leicht betäubten Zustand hielt ich den Reiter für Zbigniew, meinen Mann, und glaubte, er hätte mich eingeholt. Ich war erleichtert, als sich der Reiter in einer Nahaufnahme als John Wayne erwies.

Es kostete mich einigen Mut, den Blick vom Fernseher leicht nach rechts zu wenden, wo der Eindringling mit übereinandergeschlagenen Beinen in einem Sessel saß, eine Gesichtshälfte vom kalten Licht des Fernsehers erhellt. Ich merkte, dass ich keine Angst vor ihm hatte, und allein das fand ich schon beängstigend. Abgesehen von der breiten, gewölbten Stirn waren seine Gesichtszüge eher zart; seine Haut und sein Haar wirkten in diesem Licht eher farblos. Ich stellte mir seine Augen blau vor. (Sie erwiesen sich als grau.) Er hielt einen Finger an die Lippen, und mit einem anderen zeigte er auf eine Verbindungstür, durch die er offenbar gekommen war. Ich nickte, um zu zeigen, dass ich ihn verstand. In diesem Augenblick ahnten wir zum ersten Mal, dass wir uns stillschweigend vertrauen konnten.

Ich sehe ihn noch, wie er den Kopf leicht zur Seite neigte und horchte. Ich horchte ebenfalls und hörte Geräusche im Zimmer nebenan (seinem?), als verrücke jemand Möbel, dann das Klicken einer Tür, gefolgt vom pneumatischen Keuchen des Aufzugs. Inzwischen war ich hellwach und rechnete weniger mit Gefahr als mit einem möglichen Abenteuer. Er sackte erst in seinem Sessel zusammen, dann stand er auf. Ich merkte, dass er etwas sagen und höchstwahrscheinlich gehen wollte. Jetzt legte ich einen Finger auf die Lippen und machte Platz für ihn auf dem Bett. Mit stumm geschaltetem Ton sahen wir uns an, wie John Wayne sich aus einem Hinterhalt kämpfte. Als das Testbild erschien, rührten wir uns beide nicht. Ich stellte mir vor, dass es in dieser Stadt voller Gangster für diesen gutaussehenden, begehrenswerten Mann noch nicht sicher war, in sein Zimmer zurückzukehren. Im Flüsterton bot ich ihm Schutz an. Coenraad (denn er war es) fing an, langsam seine Schuhe auszuziehen. Ob alle Männer so lange brauchen, um ihre Schnürsenkel zu lösen?

Ich kam gerade zu dem Schluss, dass ich das Gesicht und den Körper dieses Mannes von jetzt an, überall, mit oder ohne Kleider, immer wiedererkennen würde, als mein eigener Körper jeden Gedanken auslöschte. Ich wollte ihn nicht eine Sekunde lang verlassen: aber mein Körper traf die Entscheidung, und er ließ ihn im Stich. Als ich wieder zu mir kam, ungläubig, sah ich trotz des grässlichen Fernsehlichts sein Gesicht strahlend und lächelnd über mir. Ich schaltete den Fernseher aus.

Während er schlief, lauschte ich der erwachenden Stadt. Das nächtliche Brummen weit entfernter Motoren kam langsam näher. Ein Lastwagen legte den Gang ein und fuhr donnernd davon. Ich hörte ein Auto, ein zweites und ein drittes, bis die vertrauten Verkehrsgeräusche die Luft erfüllten. Zwischen den Vorhängen erschien ein grauer Lichtschimmer.

Während ich schlief, stahl er sich so lautlos davon, wie er gekommen war. Er ließ nur eine Kuhle im Kissen zurück.

In all der Zeit habe ich nie darüber nachgedacht, was aus mir werden würde, wenn ich Coenraad nie mehr wiedersehen würde. Ein irgendwie anderer Alltag wird beginnen müssen. Für mich hat Neuanfang immer bedeutet, eine Sache zugunsten von etwas Besserem zurückzulassen. Ich lasse die kaputte Garderobe zugunsten eines Zimmers mit einem Schrank zurück; ich verschmähe den Platz an einer Werkbank zugunsten eines gepolsterten Stuhls an einer Schreibmaschine; ich gebe zwei Zimmer auf und ziehe in vier; ich flüchte aus einem Haus mit zehn Zimmern in eine Krankenstation – es gibt immer einen Handel. Falls Coenraad mich aus Gründen, die er vielleicht angedeutet hat, nicht mehr trifft, was werde ich dann für die Nächte mit ihm eintauschen? Vielleicht tausche ich ein halbes Leben des Wartens gegen ein Leben ein, das ich noch nicht kenne. Ein lohnenswerter Gedanke.

Jetzt denk nach, sagte ich mir, versuch dich zu erinnern, hat Coenraad jemals in vielen oder wenigen Worten gesagt, dass er dich wiedersehen will? Hat er, nach einem Blick in sein kleines schwarzes Buch, das er in der Pause zwischen Liebesakt und Essen immer konsultiert – hat er jemals gesagt: Liebling, mein nächster Einsatz ist in London, es wäre schön, wenn du mich dort treffen könntest? Gib zu: Zwischen der ersten stürmischen Umarmung und dem letzten Abwenden wurde nie auch nur angedeutet, dass er dich wiedersehen will. Und gib auch zu, du hast deine Wünsche an ihn zeitlich stets so abgepasst, dass du ihm in den herrlichen Momenten vor dem Liebesakt Versprechen entlocken konntest. Du hattest festgestellt, dass seine Trägheit danach so lange anhielt, bis sie in Gleichgültigkeit umschlug. Das hat dir Angst gemacht. Jetzt kapierst du das, oder, fragte ich mich selbst: Das Einzige, was dich vor Panik bewahrt, ist die Gewissheit des nächsten Treffens. Vielleicht, musste ich mir eingestehen, rief er mich in Tikal nur an, weil er mich nicht mehr sehen konnte (oder wollte?). Und um seinet- oder deinetwegen schickte er dich in die Stadt zurück, in der du lebst. Der Rest entsprang deinen Wünschen und Sehnsüchten.

Ein neuer Morgen, nach einer verdrießlichen Nacht. Auf dem Fußboden neben dem Bett lagen Postkarten. Waren sie hinuntergefallen oder hatte ich sie weggeworfen?

Wieder öffnete und schloss ich die Tür, ging durch leere Gänge zu einem leeren Aufzug, in dem ich den mit *Lobby* markierten Knopf drückte. Die Lobby war menschenleer, nur die allgegenwärtigen alten Männer unter dem prächtigen Kronleuchter saßen reglos in einer Reihe wie Spatzen auf einem Telefondraht. Ich war kurz davor, ihnen grüßend zuzuwinken, doch solche unüberlegten Reflexe bergen nur Gefahr, sonst nichts. Ich befürchtete, einer völligen geistigen Leere anheimgefallen zu sein, und stellte fest, dass ich unbewusst die Rezeption angesteuert hatte und nun, wenn auch ohne jegliche Hoffnung, vor dem Angestellten stand. Er begrüßte mich mit meinem (falschen) Namen. Dann drehte er sich zu meinem Fach um, holte einen kleinen weißen Briefumschlag heraus und hielt ihn vor mir hoch, wie man es mit einem Geschenk für ein Kind macht. Hatte ich mich vielleicht doch nicht geirrt? Der Brief enthielt eine Nachricht von Andy und einen glänzenden Messingschlüssel. »Ich wohne im zweiten Stock. Die Klingel höre ich nicht. Du musst die Tür aufschließen.« Ich konnte die Begeisterung des Angestellten nicht teilen und flüsterte nur: Vielen Dank.

An diesem Morgen konnte ich es kaum erwarten, den von turmhohen Gebäuden verdunkelten Straßen zu entkommen und zur Ecke Yonge und Front Street zu eilen, wo die Häuser niedrig und die Straßen breit waren und der vor mir liegende Tag sich hell und wolkenlos erstreckte. Ein frischer Wind vom See wehte mir ins Gesicht. Auch die Straßengeräusche waren anders. Es waren Geräusche, die für mich den Auftakt zu Tagen und Nächten markierten, an denen man sich den Freuden der Stadt überlässt, ohne röhrende Lastwagen und eilige Vertreter, die mit quietschenden Bremsen vor roten Ampeln halten. Nur ein paar Busse und vorwiegend Familienautos mit zu vielen Insassen rollten langsam dahin, das frisch gewaschene Metall glänzte in der Sonne.

Heute konnte ich mir nicht vormachen, Coenraad zu suchen – es war Samstag, er war übers Wochenende zu Hause bei seiner Familie. Ich lief weiter in Richtung Bay Street und genoss den frischen Tag. Der Himmel war blau, wolkenlos und unbekümmert. Ich spürte eine Schwerelosigkeit oder besser das Ende einer schweren Last, ähnlich dem ersten Aufstehen aus dem Bett nach der Geburt eines Kindes. Ich ging so leichtfüßig, dass ich ein Gleichgewicht zwischen mir und der Schwerkraft spürte. Und auch meine gespenstischen Gefährten verschwanden. Doch trotz der Erleichterung erfüllte mich das Gefühl des Unbelastetseins zugleich mit einer großen Angst. Mir fiel das lateinische Wort für Gepäck ein, *impedimenta*. Mir war, als hätte ich mein Gepäck verloren.

Als ein Straßenfotograf, ein dünner junger Mann in einem grünen Kordanzug, sich mir breitbeinig in den Weg stellte und mich zum Stehenbleiben zwang, wurde ich wütend. Offenbar hatte er mich fotografiert. Er bot mir den Abzug für einen Dollar an. Ich antwortete mit einem scharfen Nein! Er konnte nicht geahnt haben, dass er ein Bild abgelichtet hatte, das ich nicht mehr wollte. Er hielt mir hartnäckig das Foto vor die Nase und sagte: Ich kann nichts damit anfangen. Ich auch nicht, erwiderte ich. Er zerriss es vor meinen Augen und warf die glänzenden Schnipsel in den Rinnstein. Vielleicht, dachte ich, hatte der Fotograf durch das »böse Auge der Kamera« eine Seele entfernt, die des Wanderns müde war. Trotz des Windes lagen die Teile meiner Seele einfach da. Gut, sagte ich mir. Auf Nimmerwiedersehen.

Im Café des Royal York herrschte reger Betrieb; gehetzte Kellnerinnen liefen mit forschen Schritten zwischen den lachenden und laut redenden Gästen hin und her. Hinter dem *Please Wait to be Seated*-Schild saßen Familien beim Frühstück und gaben sich Pfannkuchen und Würstchen hin. Die Kinder wussten das besondere Ereignis offenbar zu nutzen und übergossen alles mit Strömen von Sirup. Schließlich führte mich eine Hostess in einem glänzenden schwarzen Kostüm, bekannt als Hostessen-Pyjama, an einen kleinen Tisch. In meinem Blickfeld befand sich ein riesiger Glasbehälter, auf dem in Zickzackschrift *Vitalität* stand, um die Energie von Blitzen und des Orangensafts darin zu symbolisieren; die Flüssigkeit strömte in einem ununterbrochenen Niagara an den Seiten herab und über den oberen Rand des Behälters. Die Kellnerin, die mich an den Tagen zuvor bedient und für mich zu Elsies Mutter geworden war, sah ich nicht. Mein bestelltes Frühstück #4 wurde von einer freundlichen Frau mit breiten Hüften und grauem Haar aufgenommen. Ihr mit »Diamanten« besetztes Brillengestell glitzerte. Während sie vorsichtig den heißen Kaffee neben mir abstellte, neigte sie sich mir zu und sagte in einem vertraulichen Ton: Ist es nicht schön, an so einem herrlichen Morgen unterwegs zu sein?

Außer einem trostlosen Zimmer in einem verlassenen Hotel konnte ich nirgendwohin gehen. Natürlich gab es noch die öffentlichen Räume wie Galerien, Kinos, Museen. Doch trotz ihrer leichten Zugänglichkeit reizten mich diese Zufluchtsorte heute nicht. Ich hatte keine Lust mehr, Zeit totzuschlagen. Ich griff in meine Tasche und holte den Papieruntersetzer aus der Bacchus-Bar, Andys Nachricht und Schlüssel heraus. Sie befanden sich im Fach mit dem Reißverschluss, in dem ich bis gestern Abend nur die Bilder von meinen Kindern und von Coenraad aufbewahrt hatte. Ich studierte Andys Schrift; sie gefiel mir; die Buchstaben waren groß und miteinander verbunden; kleine Kreise über den is; bei den ts ein Querstrich nach dem oberen Drittel; der Schriftzug gleichmäßig und gerade, nicht nach links und nicht nach rechts geneigt. Die Abstände zwischen den Wörtern waren großzügig. Eine optimistische Handschrift. Ich prägte mir die Adresse ein und steckte den Untersetzer zurück. Bevor ich den Reißverschluss zuzog, betrachtete ich noch eine Zeit lang Coenraads Bild.

Schwungvoll warf ich ein paar Münzen auf den Tisch und lief Richtung Ausgang, vorbei an einer Familie, die von einem kleinen Mädchen aufgehalten wurde, das Kaugummi verlangte, musste aber trotzdem warten, bis ich an die Reihe kam. Als ich die schwachen Pieptöne der elektronischen Maschine hörte, fiel mir unwillkürlich die riesige Messingkasse ein, an der meine Stiefmutter früher wie angekettet saß. Niemand, auch nicht mein Vater, durfte sich ihrem Mammontempel nähern. Das Geld ist nicht für mich, ich schwöre, sagte mein Vater, es ist für Shirley; sie braucht neue Schuhe. Ich gebe es dir zurück, wenn ich wieder Arbeit gefunden habe. Aber sie war unerbittlich: Schuhe kriegt sie nur, wenn sie im Laden hilft.

Ich half im Laden; mein Vater fand wieder Arbeit; dennoch durften weder er noch ich uns je der Kasse nähern.

Eine Drehtür am Seiteneingang des Royal York führte mich auf eine Gasse. Der erste Fahrer einer langen Taxischlange sah mich direkt an; die Versuchung war groß, mit einem Taxi zu Andy zu fahren. Wir beäugten einander, bis er sich durch meine (offensichtliche) Entscheidung, ihn nicht zu engagieren, gezwungen fühlte, den Blick abzuwenden. Ich schaute nach links und spielte mit dem Gedanken, in die U-Bahn zu steigen, mir einen Film anzusehen oder einen Schaufensterbummel zu machen, ging jedoch nach rechts in die Front Street. Sie erstreckte sich endlos, leer und verlassen in westlicher Richtung. In der York Street sah ich mich einer weiteren Versuchung ausgesetzt: Der Flughafenbus wartete mit offener Gepäckluke auf Fahrgäste. Ich sah geradeaus, überquerte die Straße und lief weiter. Nach meinem Entschluss, bei einem Spaziergang in der Sonne über mein Leben ohne Coenraad nachzudenken, hatte ich es nicht mehr eilig. Und weil keine Menschenseele zu sehen war, konnte ich mich gut konzentrieren.

Nach einer Weile hatte ich das Gefühl, mich auf verbotenem Gelände zu bewegen; ein Gefühl der Gefahr, das sich einstellt, wenn man irgendwo vollkommen allein unterwegs ist. Der langsam neben mir herfahrende gelbe Streifenwagen blieb stehen. Ein junger, adretter Polizist sprang heraus und erschreckte mich mit seinem hasserfüllten Blick, einem bösartigen Blick, der nicht so recht zu seiner rotbäckigen Jugendlichkeit passen wollte. Ich glaube, er sagte: Was suchen Sie hier, sehen Sie nicht, dass alle Gebäude hier abgerissen werden, fällt Ihnen nichts Besseres ein, als sich unbekannten Risiken auszusetzen, ist Ihnen nicht klar, dass auf Parkplätzen Gefahren lauern, können Sie sich ausweisen? Außer meinem Inquisitor war ich tatsächlich der einzige Mensch auf der Straße. Unheilvolle Geräusche drangen von riesigen, im Wind flatternden Plastikplanen, die vor alten roten Backsteinfassaden hingen und den Fußgänger vor losem Gestein schützen oder den schändlichen Vandalismus verbergen sollten, der einem Neuaufbau vorausgeht. Ich gab ihm mein Portemonnaie mit Führerschein, Sozialversicherungsausweis und Kreditkarten, alle sichtbar durch Plastikfenster. Der Polizist fing an, die Nummern in ein kleines schwarzes Buch zu schreiben. Als er zu den Kreditkarten kam – ich besitze insgesamt neun –, wechselte sein Gesichtsausdruck von Streitlust zu Unsicherheit zu Bedauern. Tut mir leid, Ma'am, aber wir haben unsere Anweisungen, Sie verstehen sicher, wir können nicht vorsichtig genug sein, am Wochenende kommen so viele Widerlinge aus Buffalo und Detroit in die Stadt. Er riss die beschriebene Seite heraus und zerknüllte sie. Trotzdem, Ma'am, verlassen Sie diese Gegend zu Ihrer eigenen Sicherheit.

Um die Ecke in der John Street befand ich mich auf heimischem Grund. Ein Stück weiter, in Wellington, sah ich die dunklen Fenster des Admiral Building, wo mir früher im dritten Stock mein Geschick beim Einführen von Dochten und Baumwolle in Feuerzeuge ein Lob des Vorarbeiters eingebracht hatte. Auf dem Weg in Richtung Norden auf der Adelaide Street, zwischen John und Simcoe, blickte ich zu einem Lagerhaus hoch, in dem ich einmal für einen Versandhandel pro Tag zweitausend Briefumschläge mit getippten Adressen versehen hatte. An der Queen Street drehte ich mich automatisch nach rechts und stellte fest, dass das Restaurant Wexler ein paar Türen weiter noch in Betrieb war, heute, am Samstag, allerdings geschlossen hatte, weil es nur während der Fabrikzeiten öffnete. Im Fenster stand noch dieselbe staubige Glasschale mit den wächsernen Orangen, Äpfeln, Zitronen und Bananen, die im Laufe der Jahre farblos geworden waren. Das künstliche Obst hatte jetzt einen schmutzigen Cremeton. Im Fenster neben dem Eingang standen vier große Papiertüten mit Styroporbechern, vermutlich für den Straßenverkauf am Montag gedacht und deshalb in Reichweite des Kassierers gestapelt. Ich grübelte über das Wesen der Sozialdemokratie damals nach. Ganz gleich, welcher Arbeit ich nachging, ich durfte mich überall hinsetzen, selbst neben den Besitzer einer Bekleidungsfirma oder seinen Buchhalter. Was uns unterschied, war allein die Art der Speisen: entweder eine dicke Kaisersemmel mit Käse oder Gefilte Fisch, Hühnersuppe, Brathähnchen, Strudel, Pflaumen und Tee mit Zitrone. Wenn man es sich leisten konnte, war jeden Tag Sabbat.

Einen Block weiter sah ich jetzt die vier Ecken der Kreuzung Queens und McCaul Street; die Ampeln waren zu meiner Zeit nicht nötig gewesen. An der McCaul Street in Richtung Süden standen noch die gleichen Häuser wie früher, mit dem Unterschied, dass die meisten inzwischen einen neuen Anstrich hatten. Was fehlte, waren die schwarzen Pappschilder in den Fenstern, auf denen in roten Buchstaben *Zimmer zu vermieten* oder *Wohnung zu vermieten* stand. Und als ich die Dundas erreichte, sah ich die Art Gallery und überlegte, ob ich hineingehen sollte, weil ein Besuch am Samstagnachmittag oder Sonntag keinen großen Unterschied machte, doch zum ersten Mal reizte es mich nicht, mir den Weg durch die Drehtür zu bahnen. Inzwischen erschienen zunehmend mehr Leute auf der Straße, und mit ihnen wollte ich die Sonne genießen. Ich sah Mütter und Kinder, Familien in verschiedenen Zusammenstellungen, Studenten, Paare. Niemand war allein.

Alle waren auf eine Art ineinander vertieft, die mich an meine Spaziergänge mit Coenraad erinnerte. Wenn ich jetzt mit ihm diese Straße entlangginge, würde ich ihm Geschichten über mein früheres Leben erzählen. Vielleicht aber würde ich mich auch damit begnügen, einfach nur neben ihm herzulaufen; vielleicht würde ich gar nichts sagen: Coenraad langweilt sich schnell.

Die Nummer, die ich in der McCaul Street suchte, hing in schwarzem Schmiedeeisen an einer neuen Tür neben einem alten Lebensmittelladen. Das Haus selbst sah aus wie ein quadratischer, in der Mitte halbierter Kasten, auf dessen Backstein frische zinnoberrote Farbe schimmerte. Über den beiden Ladenfenstern prangten *Coca-Cola*-Logos und auf der Innenseite des linken Fensters *Zigaretten* und entsprechend auf der rechten *Lebensmittel*. Ich befand mich am westlichen Ende der Elm Street, auf der anderen Straßenseite begann die D'Arcy Street. Dass ich an dieser Ecke gelandet war, war Zufall, sagte ich mir, ein gutes Omen für die Zukunft und nicht, wie ich kurz befürchtete, eine unheilvolle Rückkehr in die Vergangenheit.

Andys Schlüssel glitt problemlos ins Schloss, die Tür gab auf leichten Druck nach. Und das steile Treppenhaus wirkte ausnahmsweise freundlich und einladend: Es war hell erleuchtet und sauber, die Stufen mit Gummiauftritten bis zur oberen Tür. Im Hochgehen folgte ich dem Rhythmus eines wummernden Basses, der von irgendwo aus einer Jukebox zu kommen schien. Die Tür stand einen Spaltbreit offen. Als ich eintrat, umgab mich helles Tageslicht. Ein Oberlicht überdachte den gesamten Raum und gab den Blick auf den blauen Himmel frei.

Wahrscheinlich spürte er meine Anwesenheit: Bei der laut hämmernden Musik konnte er mein Eintreten nicht gehört haben. Sie kam aus einer Wurlitzer gleich rechts neben der Tür. Andy eilte den gesamten schmalen Raum entlang und rief: Die habe ich bei einer Tombola gewonnen. Es war der Klassiker unter den Jukeboxes – klassisch in dem Sinne, als sie eine Kunst der Vergangenheit wiedergab. Den gesamten Automat umgab eine rosafarbene Aura. Den oberen massiven Chromteil im Art-Déco-Stil umrandeten Neonröhren, die gelbes, blaues und rotes Licht verströmten. Die Knöpfe leuchteten rot. Ein Teil des Lautsprechers war von schwarzem Kunststoff verdeckt, ebenfalls in Art Déco. Entlang der Seiten verliefen Röhren mit stetig fließenden rosa und grünen Lichtströmen. Und dort, wo sich früher drei Minuten lange Jive-Singles befunden hatten, für die wir unser Kleingeld ausgaben, drehte sich jetzt ein Plattenteller mit einer Langspielplatte – ich glaube, es war Brahms.

Neben der Wurlitzer waren Haken an der Wand, an denen ein Rucksack, ein Feldstecher und eine grüne Jacke mit vielen Taschen hingen. Über einem Feldbett lag eine rote marokkanische Decke. Nur dürftig unter dem Bett verborgen stand ein Paar schmutziger Wanderstiefel aus braunem verfärbtem Leder, an den Sohlen vertrockneter grauer Lehm. Am Ende des Raums gab es einen Tisch mit einem Wasserkessel und einer Flasche Wein. An einer Längswand befanden sich Bücherregale und ein Mikroskop. Und auf der gesamten Länge der gegenüberliegenden Wand waren Orchideen unter Glas. Orchideen in schlichten und verzierten Töpfen, auf zahllosen Konsolen und von Balken hängend. Orchideen, weiß und malvenfarben, gelb und violett, grün und purpurrot, einfarbig und gefleckt. Orchideen, in deren Mitte sich weiche Lippen um Staubgefäße schmiegten. Ich war gebannt und fasziniert von ihren Formen. In diesem Raum wirkten Andys rote Haare und hellblaue Augen nicht mehr so intensiv; er ging in den Farben auf. Die schnell wandernde Sonne fiel plötzlich auf die Weinflasche und ließ sie leuchten wie einen Rubin. Ich wusste, falls ich noch einmal hierherkommen sollte, würde ich kein Schwarz tragen. Inmitten der Musik, der exotischen Blumen, der aus Licht und Schatten geschaffenen geometrischen Formen und der Farben überall fiel mir Andys Freude über meinen Besuch zunächst gar nicht auf. Erst später, als wir Wein tranken, nachdem die Sonne untergegangen und die Wurlitzer verstummt war, wurde mir klar, wie überaus herzlich er mich empfangen hatte.

Hey!, hatte er nah an meinem Ohr gesagt (wegen der lauten Musik?). Gut. Perfekt.

Doch jetzt fiel die Sonne direkt auf das Glas. Ich musste mein Gesicht von dem blendenden Licht abwenden und Andy ansehen, der auf dem Feldbett neben mir saß; es gab keine Stühle.

– Ich war im Hotel, erklärte ich ihm, und habe auf jemanden gewartet. Er ist nicht gekommen.

– Bitte, du musst nichts – es ist egal …

Ich wollte ihm von Coenraad erzählen, aber ein Gefühl oder vielleicht eine dunkle Ahnung hielt mich von dem befreienden Geständnis ab. Während ich noch mit mir kämpfte, füllte Andy das Schweigen. Und als er sprach, dachte ich, dass er genauso unnütze Reden schwang wie ich.

– Eines der großen Wunder der Natur, sagte er, ist die Nachahmung. Die Blüte der Orchidee *Ophrys insectifera* hat sich im Laufe ihrer Entwicklung der weiblichen Wespe in Duft, Form und Farbe bis hin zum pelzigen Labellum so angenähert, dass die männliche Wespe in sie eindringt und versucht, sie zu begatten. Wusstest du das? Das Ziel dieser Täuschung ist natürlich die Bestäubung.

– Du glaubst, ich bin getäuscht worden?

– Nein, nein. Das war nicht boshaft gemeint. Damit wollte ich nur sagen, dass wir manchmal aus einer rätselhaften Notwendigkeit heraus handeln. Dann lächelte er. Wichtig sind nur die Nuancen, fügte er hinzu.

Es fiel mir zunehmend schwer, mich zu konzentrieren. Ich machte eine Bemerkung zu dem herben Duft im Raum.

– Man hat festgestellt, fuhr Andy fort, dass der Duft einer Orchidee mindestens fünfzig Bestandteile enthält, die eine männliche Wespe aus zehn Meilen Entfernung orten kann. Was dann folgt, nennt sich Pseudo-Paarung.

Dieses Wort, dachte ich, könnte später ein Missverständnis zwischen uns auslösen.

War dies Andys Vorstellung von Vorspiel? Ich war mir nicht sicher. Wie ein Wissenschaftler erklärte er mir weiter, was mit der Wespe geschieht, wenn sie in das braunumrandete, purpurne Zentrum von *Ophrys speculum* eindringt. Mir fiel auf, dass sich Andys Mundwinkel leicht nach oben wölbten wie auf den Bildern von Satyren. Doch im Gegensatz zu ihrem bösen, anzüglichen Grinsen war Andys Blick wach und durchdringend, eher dionysisch, wie ich fand.

– Der starke Duft zieht die Wespe an und berauscht sie. Mit dem Kopf voran dringt sie ein. Das benommene Insekt verliert seinen Halt; eine Falltür öffnet sich; es fällt eine ölige Rutsche hinunter und wird in einer von der Orchidee abgesonderten Flüssigkeit gefangen. Am Morgen, wenn die Wespe zu sich kommt, findet sie wieder Halt auf den über Nacht ausgetrockneten Blütchen und kann durch ein enges Loch hinauskriechen. Dann fliegt sie davon und trägt den Pollen zur nächsten Pflanze.

Ob sexuell oder wissenschaftlich, die Bilder waren komisch, und wir mussten beide lächeln. Dann wurde Andy plötzlich ganz aufgeregt: Noch etwas Wein? entspann dich, magst du ungarische Tänze? Ich glaube, durch meine Adern fließt Zigeunerblut, sagte er. Noch immer in Gedanken versunken, trank ich Wein und versuchte die Widersprüche zu begreifen, die dem Pseudorealen innewohnen. Wendungen wie *Wirklichkeit des Scheins* und *die Illusion der Wirklichkeit* gingen mir durch den Kopf: Doch die Musik lenkte mich ab. Musik, heißt es, sei die perfekte Kunst. Aber sie ist auch eine Abstraktion von Vibrationen, von Wellenlängen, von diesen und jenen Frequenzen, von sehr vielen Obertönen, Halbtönen und Vierteltönen; doch wie schon beim Duft für die Wespe erklärte keine dieser Komponenten die steigende Spannung, die mich beim Hören von Liszts Ungarischen Rhapsodien erfasste.

Als wir uns bei einer anderen Gelegenheit lieben, macht Andy sich den Rhythmus von Liszts Tanz zu eigen. In die Bewegungen der rechten Hand bindet er lange langsame Phrasen ein, während die linke den steten Rhythmus hält, dann perlen beide Hände über die gesamte Tastatur. Die Tänzer stehen sich gegenüber und vollführen gelassen, gleichmäßig und ernst die formalen Tanzschritte; sie bewegen sich, als wollten sie sagen, lass dir Zeit, wir haben die ganze Nacht; sie lernen sich kennen, erspüren die Wünsche ihres Gegenübers. Aus den Arpeggios ist eine leichte, unterschwellige Angst herauszuhören. Siehst du die Sterne am Himmel?, fragt Andy. Sie gehören dir. Er hält mich fest, die Musik wird jetzt etwas schneller, wir drehen uns, er liegt unter mir, nun sieht er die Sterne. Die Tänzer werden müde, die Musik wird langsamer; wir warten darauf, dass alles von vorne beginnt, langsam, die Musik ist traurig, das Leben ist traurig, die Not aller Liebenden ist traurig, aber wir haben uns gefunden, im Tanz, die Musik drängt weiter, schneller, schneller und doch ohne Eile, wir können unser Leben wegtanzen. Und währenddessen summt Andy ständig Melodiefetzen mit. Nun folgen Variationen auf Themen, die Tänzer werden schneller und wieder langsamer, halten kurz inne, die Rhythmen wechseln, langsam, schnell, langsam, schnell; stopp; und in Vorbereitung auf das Finale rast die Musik, Akkorde, Triller, Arpeggios, die Tänzer wirbeln schneller und schneller, bis sie in einem fröhlichen Crescendo und im Takt der krachenden Akkorde mit dem rechten Fuß aufstampfen und Ha! rufen.

Eines Tages, nachdem wir uns wieder geliebt haben, sage ich: Musik ist nicht die einzige vollkommene Kunst.

Eine zweite Flasche Wein war geöffnet und von hoch oben feierlich eingeschenkt worden; wir sahen zu, wie die rote Flüssigkeit im Licht aufblitzte. Wir tranken aus Tonbechern. Ich wusste nicht genau, warum ich dort war, aber ich war glücklich und dachte, wie wohltemperiert Tonleitern sind und wie überschäumend die Natur. Dennoch saß ich auf der Kante des Feldbetts, die Füße fest auf dem Boden. Andy beschäftigte sich plötzlich mit Dias und Mikroskopen und machte sich

Notizen. Er hatte die Angewohnheit, unvermittelt von seiner Arbeit aufzublicken und mich anzustarren, bis ich seinen Blick erwiderte und ihn am liebsten ungläubig gefragt hätte: Wer, ich? Während ich überlegte, ob ich bleiben oder gehen sollte – den mittlerweile grau gewordenen Himmel durchzogen im Westen zarte rosafarbene Wolkenfetzen –, schloss Andy sein Notizbuch und deckte das Mikroskop ab. Er kam zu mir und flüsterte mir schöne Worte ins Ohr, einige davon hatte noch nie jemand zu mir gesagt.

– Und, sagte er, was denkst du? Willst du bleiben?

– Ich würde gerne, denn ich bin sehr müde, aber bevor ich mich entscheide, muss ich noch einen Spaziergang machen.

Den Blick auf die Orchideen gerichtet, stand ich auf und stellte fest, dass ihre Farben trotz des düsteren Raums nichts von ihrer Strahlkraft verloren. Vor meinem geistigen Auge sah ich Wespen in ihre Mitte dringen.

– Hast du Angst, du könntest einen Fehler begehen?, fragte Andy.

– Nein. Ich habe gelesen, dass ein Prinzip in der Biologie besagt, Entdeckungen verdankten sich oft begangenen Fehlern. Bitte versteh mich nicht falsch: Ich meine nur, dass ich keine Angst habe, dich ernst zu nehmen.

– Es wird eine klare Nacht. Geh nicht. Ich schenke dir den Mond und die Sterne …

Ein letzter unausgesprochener Zweifel: *Wenn ich zurückkomme, werde ich dann dem Licht widerstehen können?*

Wäre ich nicht gegangen, dann wäre mir vieles, was ich danach erfuhr, verborgen geblieben. Ich machte weiterhin Spaziergänge und ging in öffentlichen Gebäuden ein und aus, aber ich fing an, janusartig in beide Richtungen zu blicken – wo war ich gewesen und wo ging ich hin. Wichtig war nur, dass ich hinter mir eine Tür wusste, die ich jederzeit mit meinem eigenen Schlüssel öffnen konnte und wo ich willkommen war. Andy hatte mir das ausdrücklich zu verstehen gegeben. Eine Frage hatte mich beschäftigt.

– Dich unterbrechen … bei deiner Arbeit?

– Diese … ich hab's dir gesagt … ein Hobby. Ich arbeite im Büro … neun bis fünf. Ausflüge … möchtest du … mit mir … aufs Land … sonntags … im Wald.

– Einverstanden … wenn du … Spaziergänge in der Stadt … mit mir.

Bei diesem Wortwechsel fiel mir unwillkürlich ein Vorfall in Stockholm ein. Der Wecker hatte geklingelt; Coenraad stellte ihn ab und drehte sich zu mir. Es war nicht das erste Mal, dass er die Uhr ignorierte, um mich noch einmal zu lieben; doch an diesem speziellen Morgen schlief er wieder ein und kam zu spät zu seinem Termin in der amerikanischen Botschaft. Ich reichte ihm die Manschettenknöpfe, legte seinen Mantel, Handschuhe und Hut neben die Tür (es war Winter), und während er sich rasch anzog, sagte er: Ein Glück, dass ich dich erst seit ein paar Jahren kenne. Ich saß mit weichen Knien da und erwiderte: Oh, ich finde das eher bedauerlich! Mein Leben wäre viel erfüllter gewesen! Genau, erwiderte er, *dein* Leben wäre erfüllter gewesen, aber aus mir wäre nie etwas geworden.

Draußen auf der Elm Street, ein paar Meter von Andys Tür entfernt, eilte eine junge Frau vorbei und zog ein plapperndes Kind hinter sich her. Die Mutter hörte nicht zu und war, stellte ich mir vor, in Gedanken damit beschäftigt, schnell nach Hause zu kommen und Abendessen zu kochen. Wahrscheinlich erzählte das Mädchen seiner Mutter, dass sie an ein Bett festgebunden worden war und sie nicht aufgehört hatte zu schreien: Keiner konnte mich vom Schreien abhalten. Das ließ die Mutter aufhorchen, und sie blickte zu ihrer Tochter hinab; doch dann spürte sie vermutlich ihre Hilflosigkeit und sagte: Geschieht dir recht. Das wird dir eine Lehre sein. Willst du jetzt endlich brav sein?

In der Nähe der Chestnut Street spielte ein halbes Dutzend Kinder. Sie rannten schreiend umher, und das war auch gut so, denn für die Kälte waren sie nicht richtig angezogen. Solche Kinder haben nichts zum Spielen außer dünne Arme und Beine und berechnende Augen. Es war kurz nach fünf und dämmerte, die Tageszeit, die Nerval als *l'heure fatale* bezeichnet, die Tageszeit, wenn die Vögel Schwärme bilden und in der Stadt zwischen den Türmen von Bankgebäuden am Himmel fliegen; es war die Tageszeit, wenn das letzte Leuchten der Sonne die Backsteinmauern erhellt und sie dem Feuer zurückgibt; die Tageszeit kurz vor dem Abendessen, wenn die Straßen sich auf geheimnisvolle Weise leeren und die grummelnde Stadt friedlich wird; die Tageszeit, wenn in den Häusern Lampen eingeschaltet werden.

In diesem letzten Licht wurde ich plötzlich von einem schrecklichen Kummer geschüttelt. Maximilian erklärte mir einmal, dass dies ein Syndrom sei, das man im Deutschen *Weltschmerz* nennt; der Schmerz, auf der Welt zu sein. Alles – meine Kämpfe, meine Mühen – alles war vergeblich gewesen. Ebenso plötzlich und ohne Grübeleien überkam mich Mitleid – Mitleid mit mir, meinem Mann, meinen Kindern; ein Mitleid, das jeden einschloss, den ich je gekannt hatte, selbst die Vermieterin mit dem roten Haar und, am seltsamsten, auch Coenraad. Jeder Gedanke in mir war versiegt:

Ich war vollkommen von Mitleid erfüllt. Und eine Minute später, wie aus dem Nichts, ich entsinne mich noch genau, dass im selben Moment die Natriumdampflampen angingen und ich die Yonge Street erreichte und die vier Ecken an der Kreuzung Yonge und Dundas sah, den Buchladen, das Bekleidungsgeschäft, die Brown Derby Tavern, die Bank neben mir, Menschen, die Straßen überquerten oder darauf warteten, es zu tun, Menschen, die in die U-Bahn gingen – eine Minute später, aus einem unerfindlichen Grund, frohlockte ich wieder. Es war eine Freude, wie Kinder sie überkommt, eine Freude, die keinen Grund benötigt. Ich warf den Kopf zurück, richtete mich auf und fing an zu laufen. Das Gefühl war einem Triumph vergleichbar.

Am King Edward Hotel passierte ich die Drehtür so schwungvoll, dass die beiden hinter mir zurücktreten und warten mussten, bis sie wieder langsamer wurde. Ich öffnete meine Zimmertür und versuchte nicht, das laute Zuknallen zu verhindern, ich überließ sie einfach ihrem eigenen Gewicht. Mit den Händen auf den Hüften stand ich da und starrte auf den Postkartenstapel. Das Zimmermädchen hatte ihn offenbar aufgehoben. Ich dachte an die endlosen Nachtstunden, die vor mir lagen. Dann erfasste mich eine Wut, vielleicht Wut auf mich selbst, weil ich so feige war. Ich nahm die Karten und wickelte sie in den Hotelwäschebeutel, faltete das Plastik ganz klein zusammen und schlang das verknotete Gummiband um das Paket. Bei dem Gedanken, keinen Beweis mehr zu haben, dass ich geliebt hatte und geliebt worden war, zitterten mir die Hände. Ich trug das Päckchen zur Ecke Yonge und King und entdeckte einen blau emaillierten Mülleimer, auf dem in gelben Buchstaben *Für ein sauberes Toronto* und darunter *Wirf mich hinein* stand. Die Postkarten wurden hineingeworfen. Es war ein Akt, der sich rächte: Ich verschwand mit ihnen. Mir drehte sich der Magen um; mir war übel.

Wirklich merkwürdig am nächsten Morgen war, dass ich schon vor Tagesanbruch in meinen Kleidern aufwachte. Vielleicht hatte ich mich gar nicht ausgezogen. Ich stand auf einer Seite des Drahtglasfensters, um einen Ausschnitt des Himmels zu sehen und wartete ziemlich lange auf das erste Tageslicht. Zum ersten Mal seit dem Tod meiner Mutter betrachtete ich den Sonnenaufgang. Die Sonne ging wieder auf, als wäre nichts geschehen: ein goldenes Leuchten, begleitet von ein paar rosafarbenen Wolkenstreifen. Im Hotel und draußen auf den Straßen fehlte der Lärm, das Summen. Der Klang des Sonntags. Ich dachte dunkel an Coenraad. Er wird sich bereitmachen, mit seiner Familie in die Episkopalkirche zu gehen. Sie werden in die Kirche treten, seine Frau zuerst, flankiert von zwei Söhnen, gefolgt von Coenraad mit seiner Tochter an der Seite. Kaum sind sie im Inneren, werden die Bilder verschwommen und lösen sich vollkommen auf. Ich bin noch nie in einer Episkopalkirche gewesen. Ohne den Hintergrund einer Postkarte scheint der geliebte Mensch einfach zu verschwinden.

Heute bedrückten mich die Leere und Stille im Hotel nicht. Heute verliehen mir die alten Männer in der Lobby, die wie gemeißelt auf der Kante ihrer Sessel saßen, ein Gefühl von Zuhause. Ich wusste den Ausdruck in ihren Gesichtern zu schätzen: die eigenartige Katzenhaftigkeit, in der sich Wachsamkeit und völlige Gleichgültigkeit mischten. Ich winkte ihnen zu. Der Hausdetektiv saß in ihrer Mitte: Ihre Unabhängigkeit hatte ihn offenbar schachmatt gesetzt. Auch ihm winkte ich zu. Er erwiderte meinen (unabhängigen) Blick nicht.

Und auch die düstere Cafeteria mit ihren Resopaltischen, wackligen Stühlen und rotbraunen Wänden störte mich nicht. Ich war einfach nur hungrig. Am liebsten hätte ich allen, die allein am Tisch saßen und sich durch Teller mit Toast oder Porridge oder Bratkartoffeln pflügten, eine Riesenportion Rührei mit Speck serviert. Ohne den Blick von meinem Tablett abzuwenden, fragte die Kassiererin: Wie geht es *Ihnen* heute?, und rechnete währenddessen die Summe aus. Sie war wie für eine Party gekleidet: goldene Creolen, das hübsche Gesicht geschminkt, mit Lidschatten und nachgezogenen Augenbrauen. Sie trug ein rotes geblümtes Kleid mit tiefem Ausschnitt, auf ihrer linken Brust prangte ein Ansteckstäußchen aus Gardenien. Ich sagte, es gehe mir sehr gut, ich sei sehr glücklich und hoffe, sie ebenfalls. Sie sah verblüfft auf. Ich fragte sie, wie das Wetter gewesen sei, als sie zur Arbeit ging, und ob es ihr etwas ausmache, so früh am Sonntagmorgen zu kommen. Ihre Hand mit meinem Wechselgeld verharrte in der Luft, während sie mir erzählte, sie sei lieber hier als allein in ihrer Wohnung; sie erwähnte ihre vier erwachsenen Kinder, von denen sich keines darum schere, was mit ihr passierte; sie sei viel lieber hier und treffe Leute, als das ganze Wochenende allein in der Wohnung zu sitzen. Das Wetter, wiederholte ich, wie ist es heute? Sonnig. Frisch. Kalt für die Jahreszeit. Man hat Schnee vorhergesagt.

Als ich mich allein vor dem Hotel auf der King Street wiederfand, war ich irritiert. Die normalerweise belebte Straße war menschenleer, wie nach einer Katastrophe. Ich musste mich daran erinnern, dass alle, die sonst die Straße bevölkern – Vertreter und Stenotypistinnen, Banker und Angestellte, Geschäftsleute und Investoren – morgen zurück sein würden. Die eigenartige Stille wurde vom Glockenläuten aus dem Turm einer alten Kirche durchbrochen, die ich von meinem Standort aus sehen konnte. Früher vermied ich es, am Sonntag allein spazieren zu gehen. Der Sonntag ist ein

Tag für Verliebte. Aber kein Tag für die, deren Liebe verboten ist. Es ist ein Familientag. Aber kein Tag für Familien, die unglücklich sind. Da es mich aber offenbar ins Freie gezogen hatte, schlenderte ich die Yonge entlang. Zwischen King und Adelaide begegnete ich in kurzer Zeit vier gut gekleideten (verheirateten?) Männern, die allein unterwegs waren. Bei Simpson's legte ich eine Pause ein und stellte mich neben einen Mann, der die Schaufensterauslage betrachtete. Er war von mittlerer Größe, trug Hut, Handschuhe, einen maßgeschneiderten Mantel, einen grauen Anzug, glänzende braune Schuhe – eine perfekte Verkleidung, die unwillkürlich eine Hoffnung in mir auslöste, die ich sofort wieder erstickte. In diesem Augenblick saß Coenraad immer noch in der Kirche. Ich ging schnell weiter.

Sobald ich aufhörte, Männer zu betrachten, die mich an meinen Liebsten erinnerten, fiel mir auf, dass es noch andere wie mich gab, so wie jemandem, der an Krücken geht, ähnlich Behinderte ins Auge stechen. Ich ging an einer Frau in einem fadenscheinigen Tweedmantel und Galoschen mit Metallschnallen vorbei; an einem chinesischen Jungen in einer schwarzen Steppjacke aus Seide; an einem jungen Mädchen mit Locken, das trotz der Kälte eine hauchdünne Bluse trug, unter der ihre Brustwarzen zu sehen waren; an einem Mann in einem Mantel mit Persianerkragen und gelben Schuhen, der vermutlich gerade von einem Schiff kam, wie wir immer sagten, und einen Gehstock schwang. Und noch einige mehr. Wir Einsamen gingen aufeinander zu und an uns vorbei; andere überholten mich von hinten; manchmal liefen wir auch ein paar Schritte nebeneinander her. Nach einiger Zeit überkam mich ein Gefühl der Gemeinsamkeit, und ich dachte: Am liebsten würde ich mich jetzt bei dir unterhaken und mit dir zusammen weitergehen. Gesten der

Verbundenheit, sinnierte ich traurig, gibt es nur bei Bombardierungen und öffentlichen Hinrichtungen. Unter normalen Umständen müssen Fremde die Fremdheit des anderen meiden.

In der Queen Street wimmelte es auf den Gehsteigen von jungen Leuten aller Hautfarben. Sie waren zu zweit oder in Gruppen, und ihre vielen Sprachen klangen für mich wie Bienensummen. Sie waren in Feiertagsstimmung, aber zugleich angespannt, als ginge der Sonntag bald zu Ende und sie müssten alles aus dem Tag herausholen, was sie konnten. Sie lachten und drängelten und beäugten einander in einer Art Balztanz, scheinbar gleichgültig, aber jederzeit bereit für die große Gelegenheit. Sie beanspruchten den ganzen Gehsteig für sich: Manchmal musste ich ihnen sogar auf die Straße ausweichen. Sie erfüllten die Umgebung mit einer abenteuerlichen Stimmung, wie ich sie einmal in den Straßen Marseilles erlebt hatte. Aber hier gab es keine sonnigen Hänge wie im Parc du Pharo, wo Coenraad und ich in der Sonne gelegen hatten. Danach schlenderten wir im Vieux Port am Meer entlang, und du sagtest, ich müsse Marseille verlassen, weil die Stadt zu gefährlich sei. Ich erwiderte, ich hätte keine Angst.

Aber *du* hättest Angst, war deine Antwort. Du hast darauf bestanden, dass ich den Zug nach Arles nehme, und mich mit einer Orange und einem Stück Kuchen bestochen, die du auf der Treppe zum Bahnhof St. Charles gekauft hast. In Arles bist du jeden Tag um Mitternacht in mein Zimmer gekommen, und ich erzählte dir von meinen täglichen Pilgerreisen auf den Spuren Vincent van Goghs, während du nicht verraten hast, wo du warst oder was du getan hattest.

Ich habe schon öfter gehört, dass Toronto eine gefährliche Stadt geworden ist und die Leute Angst haben, nachts auf die Straße zu gehen. Ich grübelte darüber nach, dass Toronto vermutlich viele kleine Städte in sich barg und ich mir eine davon aussuchen konnte. Ich stellte fest, dass ich im Augenblick zum Beispiel keine Ahnung hatte, woher diese jungen Leute kamen, wo sie lebten, wo sie arbeiteten: Arbeiteten sie in Fabriken oder in Schlachthöfen oder standen sie den ganzen Tag in einem Geschäft für Brautmoden oder in Krankenhausküchen, Orte, die ich vergessen habe. Ich wollte ein Teil ihres Lebens sein und schloss mich ihnen an. Ich blieb mit ihnen vor Schaufenstern stehen und betrachtete Kleidung, die Männer wie Frauen tragen konnten – Hemden, Jacken, Stiefel, Jeans. Ich studierte mit ihnen die ekstatischen Gestalten auf den Kinoplakaten und stellte fest, dass in Dreifachvorstellungen groteske Kombinationen aus Horror-, Sex- und Katastrophenfilmen geboten wurden. In kleinen Geschäften schaute ich mit ihnen Kunst aus Indien oder Hongkong an. Und mit ihnen stand ich auch neben einem offenen Eingang, auf dessen Türrahmen bunte Lichter blinkten wie unzählige flirtende Augen. Im dunklen Innenraum konnten wir nichts erkennen. Dann wandten wir uns den draußen an der Wand angebrachten Glaskästen zu und gafften Fotos von nackten Mädchen mit großen Brüsten an, denen es trotz ihrer aufreizenden Posen irgendwie gelang, ihre Scham zu verbergen. Zwei junge Männer schubsten sich lachend in Richtung des düsteren Eingangs: Es sah aus, als sammelten sie genügend Mut, um einzutreten.

Allein das Überqueren der College Street genügte, um mir den Eindruck zu vermitteln, dass ich eine aufregende Gegend hinter mir ließ und eine seriöse betrat. Es war, als beginne die Grenze beim Y. M. C. A., dessen Schild – ein großes rotes Dreieck – ich etwas westlich von meinem Standort sehen konnte. North of College war ein vom Bürgertum (das Lieblingswort meines Vaters für etwas Verachtenswertes) gegründetes Viertel. Jeder, der an mir vorbeiging, war offensichtlich unterwegs zu einem Ziel und bewegte sich mit schwingenden Armen.

Während ich mich der Bloor Street näherte, stieß ich vor dem New Yorker Cinema auf eine lange Schlange. Ich hatte *Kinder des Olymp* schon neunmal gesehen. Es war der einzige Film, für den ich mich jederzeit in eine Schlange stelle. Ich musste aber erst anstehen, um eine Eintrittskarte zu kaufen, und mich dann ans Ende der Schlange stellen. Alle warteten höflich auf ihren Plätzen und bewegten sich langsam aus der Sonne in die hell erleuchtete Lobby. Der massenhafte Ansturm auf die Süßigkeitentheke ermöglichte es mir, einen Platz genau in der Mitte des Kinosaals zu wählen. Dann genoss ich zum zehnten Mal das Glück von Baptiste und Garance; zum zehnten Mal durchlitt ich die Verzweiflung der Liebenden; zum zehnten Mal hörte ich Baptiste zu Garance sagen: *Wenn ich unglücklich war, schlief ich. Ich träumte … aber die Leute mögen es nicht, wenn man träumt. Sie stoßen dich an, um »dich ein bisschen aufzuwecken«, wie sie immer sagen. Zum Glück war mein Schlaf fest, fester als ihre Schläge, und ich entkam ihnen durch mein Träumen … ich träumte … ich hoffte … ich wartete …* Mein eigener Kummer stand so im Einklang mit dem Elend der Liebenden, die ein grausames Schicksal trennte, dass ich das Gefühl hatte, ihre Geschichte wäre meine eigene. Dem lautlosen Ziehen an Strohhalmen und dem verstohlenen Greifen in Popcorntüten um mich herum fügte ich stille Tränen hinzu.

Als ich aus dem Kino trat, zierten den Himmel hinter dem Park Plaza Hotel orange- und rosafarbene Wolkenbänder. Kleine Menschentrauben warteten an den Ampeln der Kreuzung Yonge und Bloor und ließen es viele Male Grün werden, bevor sie die Straße endlich überquerten. Manche taten es gar nicht, sondern machten wieder kehrt und gingen in die Richtung zurück, aus der sie gekommen waren. Ich fragte mich, ob das ein typisches Verhalten an einem Sonntag war. Ich stand vor Grand & Toy, neben dem U-Bahn-Eingang und wehrte mich gegen die Macht der Gewohnheit, die Treppe hinunterzugehen, den Zug nach Eglinton zu nehmen, einen Bus nach Lawrence und die fünf Blocks zu meinem Haus zu Fuß zu gehen. Die Sonne ging unter, die Straßenlaternen sprangen an, aber ich blieb weiter in dem dunklen Eingang stehen, unfähig zum nächsten Schritt. Worauf wartete ich eigentlich? Die Frage ließ mich erneut an Coenraad denken und erinnerte mich an das eine Mal (ich wollte mit ihm meinen Geburtstag in Chicago feiern), als er meine Tränen und Bitten ausgesessen und selbstsicher gesagt hatte:

– Es reicht. Schluss jetzt. Das ist alles. Entweder du akzeptierst es oder du lässt es sein.

Ich hatte mir verkniffen zu antworten, dass »es akzeptieren« für mich so alltäglich war wie Zähneputzen.

Sein Geist hielt sich hartnäckig: Entweder du akzeptierst es oder du lässt es sein.

In Erinnerung daran, dass ich es selbst im Geiste mit einem Experten in Ausflüchten zu tun hatte, erwiderte ich:

– Meine Antwort kriegst du heute Abend. Dann stieg ich zufrieden die Treppe zur U-Bahn hinunter.

Als ich zur Cheltenham Avenue gelangte, meiner Straße mit ihren zweistöckigen Familienhäusern, Rasen und Hecken und hell erleuchteten Eingängen, eilte ich zu meinem Haus, das sich auf halber Höhe der Straße befand, und ging den kurzen Gehweg zu der breiten Steintreppe. Mir fielen die vielen Risse in den Stufen auf und das bröckelnde Zementfundament um das wackelnde schmiedeeiserne Geländer. Noch einen Winter würde der Eingang nicht überstehen.

Die Haustür war verschlossen. In meiner Tasche tastete ich nach der vertrauten Lederhülle mit den fünf Schlüsseln (zwei fürs Auto, einer für die Hintertür, einer für die Vordertür und einer fürs Bankschließfach), fand sie aber nicht. Am Boden der Tasche waren nur mein Hotelschlüssel an einer übergroßen Plakette und Andys Schlüssel. Ich konnte mich nicht erinnern, was ich mit meinen Hausschlüsseln angestellt hatte. Waren sie mir weggenommen worden? Die Möglichkeit, nicht in mein eigenes Haus zu kommen, zeichnete sich drohend vor mir ab: Ich musste an mich halten, um nicht mit den Fäusten gegen die Tür zu hämmern. Gleichzeitig war ich mir paradoxerweise nicht sicher, ob ich überhaupt hineinwollte.

Auf dieser Seite der Tür lag eine Stadt mit Straßen, U-Bahnen, Taxen, Zügen und Flugzeugen. Auf der anderen Seite, in meinem Haus, wartete eine unvermeidliche Abfolge von abgegriffenen Worten und alten Gesten. Trotzdem sollte es meine Entscheidung sein, ob ich draußen bleiben oder hineingehen wollte. Ich machte es wie früher die Kinder, wenn niemand zu Hause war: Ich ging durch die Pforte in den Garten und stieg auf die Zedernholzveranda, wo ich es an der aus dem Wohnzimmer herausführenden Glastür probierte. Obwohl sie nicht verschlossen war, blieb ich im Dunkeln auf der Veranda stehen und beobachtete Zbigniew, der in seinem Sessel schlief. Nebenan fing der Hund der Andersons zu bellen an, aber jemand brachte ihn zum Verstummen.

Unter dem Licht einer Leselampe erinnerte das ruhende Gesicht Zbigniews an das eines Aristokraten, dessen Vorfahren in den polnischen Geschichtsbüchern zu finden sind.

Er hatte mir Bilder von ihnen gezeigt. Wie ihr vertriebener Nachkomme waren es Männer mit blondem Haar, kantigen Gesichtern und kleinen Nasenlöchern. Hinter Zbigniews großen Lidern verbergen sich herrisch blickende blaue Augen, die, wenn ich es mir recht überlege, nie die Farbe oder den Ausdruck wechseln. Sein Mund ist in entspanntem Zustand voll und breit, aber ich erinnere ihn als einen Mund mit Lippen, die sich selten zum Sprechen öffnen. Ob wach oder schlafend, ich weiß, dass er von seiner Stute träumt, auf deren glänzendem Rücken er über Felder (die ihm nicht mehr gehören) einer Kurve im Himmel entgegenreitet, die er rasch erreicht, aber er hält nicht an, denn auch wenn der Himmel sich in dieser kurzen Zeit begradigt hat, sieht er eine weitere Kurve, die er unter Aufbietung seiner ganzen Kraft und der des Pferdes unbedingt erreichen muss. Ich sehe ihn im Kosakenkostüm seines Großvaters rittlings und mit fliegenden Rockschößen auf dem Pferd sitzen, die Knie in die Flanken der Stute gepresst, den unbedeckten Kopf in den Wind gereckt. Und sollte sich plötzlich eine Barriere zwischen ihm und der weit entfernten Ellipse auftun, werden er und sein Pferd, die sich jetzt beide in einen Zentauren verwandelt haben, das Hindernis in einem perfekten Bogen überspringen. Solche Bilder beschwor mein Mann in der blumigen Sprache seiner Jugend für mich herauf; damals fand ich sie selbst in der Übersetzung poetisch.

Den deutschen Panzern war dieses polnische Pferd-und-Reiter-Gespann nicht gewachsen.

Zbigniew ergriff die Flucht.

In England zog er die blaugraue Uniform der Royal Air Force an.

Zbigniew flog wie der polnische Adler, der auf der linken Brust seiner Jacke und vorne über dem Schirm seiner Mütze genäht war. Er schoss über den Himmel wie die Blitze, die auch die Insignien des polnischen Geschwaders waren.

Mein Mann trug genau diese alte Jacke und Mütze der Air Force, und während ich ihn noch immer durch die Glasscheibe betrachtete, musste ich unwillkürlich bewundern, wie gut ihm die Jacke noch passte: Die drei Messingknöpfe ließen sich schließen; und wie gut ihm das Graublau stand, nachdem seine Haare an den Schläfen ergraut waren. An Sonntagen – und es gibt keine Ausnahmen – kommt Zbigniew um 16:30 Uhr aus dem Reitstall zurück, duscht, zieht ein sauberes weißes Hemd an, eine dunkelblaue Krawatte und seine alte Uniformjacke und Mütze und geht ins Wohnzimmer, das in den kommenden viereinhalb Stunden ihm ganz allein gehört, nachdem den Kindern und mir einmal erklärt wurde, dass wir es die ganze Woche für uns hätten; dann geht er den Zeitungsstapel der vergangenen Woche durch, beginnt bei der vom Montag, die obenauf liegt und überfliegt sie, bis er sich zu der aktuellen Sonntagsausgabe durchgearbeitet hat, die er gewöhnlich nach dem Abendessen bis 21:30 Uhr studiert, der Zeit, wenn wir ins Schlafzimmer gehen. Dort zieht er Jacke und Mütze aus, bekreuzigt sich im Gedenken an die anderen Uniformierten, alle tot. Er ist der einzige Überlebende seines Geschwaders.

Jetzt ließ er die eben ausgelesene Zeitung links neben sich auf den Boden fallen und griff nach der nächsten auf dem Stapel zu seiner Rechten. Er saß aufrecht da und blätterte Seite für Seite um. Seine Hände waren kräftig, aber weich wie Samt. Eine merkwürdige Erinnerung an diese Hände: Ich lag oft auf dem Bauch, und er streichelte mich vom Kopf bis zu den Fersen. In meinen Gedanken begann er dann gleichzeitig, mit beiden Handflächen den Rücken seiner Fuchsstute zu streicheln, immer wieder langsam von der Mähne bis zum Schwanz, wobei er am Schwanz kurz innehielt, bevor er wieder im selben Rhythmus am Hals begann. Schweigend streichelte er mich immer weiter, begann langsam am Hinterkopf und verweilte mit den Fingern kurz zwischen meinen Beinen. Das Bild hielt sich hartnäckig. Dann sah ich, wie seine Hand die Nase der Stute liebkoste, sein Gesicht ganz nah vor ihrem, und er mit spitzen Schreien *Moja kobylko, moja kochana kobylko!* rief. Mein geliebtes Pferd!

Plötzlich warf Zbigniew die Zeitung in den Schoß. Irgendetwas hatte ihn dazu veranlasst, tief Luft zu holen, den Mund weit zu öffnen und etwas zu rufen. Eine Frau kam hereingeeilt und wischte sich die Hände an einem Handtuch ab. Sie stand mit dem Rücken zu mir; und weil Zbigniew in das vertieft war, was er ihr vorlas, sahen beide nicht, wie ich eine der Glastüren beiseiteschob.

Was er vorlas, handelte von mir.

… und sie nahm ein Taxi zur Notaufnahme. Sie trug einen Regenmantel über ihrem Nachthemd und die Hausschuhe ihres Sohnes, ihr Haar war ungekämmt, und sie umklammerte eine große schwarze Handtasche. Im Krankenhaus konnte sie banale Fragen nur mit leisem Stöhnen beantworten. Keine der Untersuchungen, weder die Bluttests noch die neurologische oder gynäkologische Untersuchung oder die 3D-Hirnaufnahmen ergaben einen Hinweis auf eine krankhafte Ursache für ihren Zustand. Sie behauptete, weder Mann noch Kinder oder sonstige Angehörige zu haben; angeblich hatte sie auch keinen Hausarzt. Beim Durchsuchen ihrer Handtasche stellte ein Sozialarbeiter fest, dass sie an einer guten Adresse in der Stadt wohnt. Ein Telefonanruf bei dieser Adresse ergab, dass sie durchaus einen Mann, zwei Kinder und sogar einen Vater hat. Darüber hinaus befindet sich in der unmittelbaren Nachbarschaft eine Privatklinik, die, wie bestätigt wurde, Unterlagen über sie und ihre Familie führt. Ein freiwilliger Mitarbeiter des Krankenhauses (der nicht genannt werden will) begleitete Mrs Kaszenbowski nach Hause, wo sie, wie sie ständig behauptete, nicht mehr lebe …

Es folgte ein Augenblick wie bei einer Beerdigung, wenn die Grabrede ihre volle Wucht entfaltet, dann bedacht und an den Tatsachen gemessen wird. Zbigniew ließ die Zeitung fallen, seine Hände hingen schlaff herab. Er und die Frau schwiegen. Zbigniew fiel in den Sessel zurück, wobei seine Mütze nach vorne rutschte, sodass der Lederschirm seine Augen bedeckte und er wie ein Wüstling aussah, was seinem Wesen so fremd war, dass ich ein Lachen unterdrücken musste. Die Frau stand reglos und mit gesenktem Kopf vor ihm. An ihrer Stelle hätte ich dasselbe getan: Wahrscheinlich verbarg sie ein Lächeln. Dann sagte er:

– Ich sah keinen Grund für ein Privatzimmer. Die medizinische Versorgung ändert sich doch nicht mit der Anzahl der Betten. Auf der normalen Krankenstation wurde sie genauso gut gepflegt und behandelt.

Ich fand es höchst befriedigend, dass der Zeitungsartikel ihn offenbar getroffen hatte, denn als die beiden das Zimmer verließen, ging sie voraus, und er folgte ihr mit einem Schritt, der einem Schlurfen glich. Sein offensichtliches Unbehagen ermutigte mich, durch den Garten nach vorne zur Haustür zu gehen und zu klingeln. Außerdem verspürte ich den Wunsch, die Gesichter meiner Kinder zu sehen. Diesem Gefühl folgte sofort mein Unmut darüber, dass die Frau *meine* Kinder holen würde, dem wiederum der Gedanke folgte, dass ich sie von Gesetzes wegen rauswerfen könnte, wenn ich wollte.

Sie öffnete die Tür.

– Ach, da sind Sie ja! Ich habe Sie schon erwartet.

An der Art, wie sie mir die Tür weit aufhielt und mich mit ihrem freien Arm hereinwinkte, fühlte ich mich von ihr willkommen geheißen. Vielleicht hatte sie mich von den Schnappschüssen in dem Familienalbum erkannt, das in der unteren Buffetschublade unter den Tischdecken lag. Ich trat in den Flur.

– Ich wusste, Sie würden früher oder später auftauchen, sagte sie freundlich. Sie schien sich in meinem Haus so wohlzufühlen, als wäre sie schon immer dagewesen; ich hingegen war peinlich berührt, wie wenn man kurz vor der Schließungszeit ein Museum betritt. Sie war größer als ich und viel dünner, mein schwarzes Jerseykleid hing an ihren knochigen Schultern und musste in der Taille von einem braunen Männerledergürtel zusammengehalten werden.

– Ich heiße Francesca, sagte sie. Ich wurde 1922 in Toronto geboren, in der Grace Street, gleich oberhalb der Dundas, im Dachzimmer eines Hauses, das einer Familie namens Tannenbaum gehörte. Meine Mutter weigerte sich, noch ein Kind zu bekommen, und sagte, sie würde sich eher umbringen, es sei denn, sie könne zur Niederkunft in ein Krankenhaus gehen. Als ich acht war, brachte sie sich um. Mein Vater konnte es nicht begreifen, weil er ihr, soweit er wusste, in keinerlei Hinsicht je geschadet hatte. Irgendwie gelang es ihm, die Polizei aus der Sache herauszuhalten – er war klug –, damit die Fürsorge mich ihm nicht wegnehmen konnte. Ich durfte mit niemandem über den Tod meiner Mutter sprechen. Ich fälschte ihren Namen auf Mitteilungen an die Schule. Danach zogen wir in die Clinton Street, oberhalb der College, in ein besseres Haus, das einem Paar namens McGregor gehörte, wieder in den zweiten Stock. Trotz der Hitze im Sommer und der Kälte im Winter zog mein

Vater das beengte, dunkle Dachzimmer für seine Studien vor. Dort, sagte er, sei er beschützt vor den Übergriffen des verkommenen bürgerlichen Lebens. In seiner Jugend war er Anarchist in Mailand gewesen. Er wurde oft festgenommen. Einmal ging er in Hungerstreik und bekam Typhus. Seine Gesundheit war ruiniert. Ich kochte ihm jeden Tag dieselben Mahlzeiten; er konnte nur trockenen Toast, gekochtes Huhn und Kartoffelbrei essen. In vielerlei Hinsicht war er ein gebrochener Mann.

Als ich dreizehn war, verließ ich die Schule vor den Sommerferien mit einem Lineal, Füller, Bleistift, Radiergummi und einem Heft, auf dessen ersten vier Seiten ich den Entwurf für einen Aufsatz mit der Überschrift *Wie ich die Sommerferien verbringe* skizziert hatte. In den nächsten zwei Monaten sollten wir im Rest des Hefts berichten, ob sich unsere Hoffnungen erfüllt hatten. Außerdem hatte ich ein Zeugnis in der Tasche, das mich zur Highschool befähigte und einen beigefügten Brief des Direktors, der mir eine große akademische Zukunft vorhersagte. Das war am letzten Freitag im Juni. Am Montag wurde ich in einer Hutfabrik an einer Maschine angelernt; sechs Monate ohne Bezahlung, dann fünfunddreißig Cent pro Stunde, falls ich mich bewähren sollte. Mein Vater schwor bei der Jungfrau Maria und ihrem Sohn, dass ich sechzehn sei, und als Atheist fand er, dass er den »kapitalistischen Ausbeutern« mit seiner Lüge einen schönen Streich gespielt hatte. Zu mir sagte er: »Wer nicht arbeitet, isst auch nichts. Vergiss nicht, du gehörst zur Arbeiterklasse und nichts wird daran je etwas ändern. Bildung bewirkt nichts: ein falsch ausgesprochenes Wort, der Schnitt deines Mantels, die Form deiner Nase – man wird immer erkennen, aus welcher Klasse du kommst. Wenn du aber beim Proletariat bleibst, gerätst du nicht in Versuchung, ein Leben wider deine Herkunft zu führen. Weil er zu krank war, um zu arbeiten, und zu stolz, um Stütze zu beziehen, wurde ich seine Stellvertreterin in den Reihen des Proletariats.

Zuerst war es der Vorarbeiter, dann der Verkäufer und schließlich mein Chef: Ich gewährte ihnen kleine Privilegien – sie waren gute Familienväter und sehnten sich nur nach ein wenig Vergnügen – und wurde dafür besser bezahlt und mehrmals befördert, bis ich mit sechzehn bereits Vorarbeiterin in der Fabrik wurde. Im Laufe der Zeit weitete sich mein Geschick im Hutmacherhandwerk auch auf andere Bereiche aus. Doch aus der Fabrik kam ich trotzdem nicht weg. Affären, Heirat: Ich hatte kein Glück mit Männern: Die Prophezeiungen meines Vaters wurden wahr: Am Ende musste ich immer wieder an einer Maschine arbeiten. Sie verstehen sicher, dass es mir inzwischen genügt, in einem schönen Haus zu leben. Wo und mit wem, ob geliebt oder nicht, ist bedeutungslos. Mir genügt es, in Komfort und Würde zu leben. Ihr Mann ist nett und erhebt nie die Stimme; ich weiß immer genau, worauf ich zählen kann. Er verlangt nur, am Wochenende sein Pferd zu reiten. Aber wenn Sie Ihren früheren Platz wieder einnehmen wollen, werde ich natürlich gehen. Mir ist das egal; auf dieser Welt gibt es viele einsame Männer.

Ich schaute auf die Uhr. Es war zwanzig nach sechs. Ich hörte Wasser durch die Rohre rauschen. Die Kinder wuschen sich vor dem Abendessen. Francesca schaute ebenfalls auf die Uhr und sagte: Sie kommen immer erst in der letzten Sekunde herunter. Ich sagte: Ich weiß. Sie hassen es, mit ihren Eltern zu Abend zu essen. Sie fügte hinzu: zehn Minuten.

Wir wussten beide, dass sie damit Zbigniew meinte, der in diesem Augenblick im Keller war und seine Stiefel polierte. Zwischen Francesca und mir entstand ein stillschweigendes Verständnis; uns verband dasselbe Bild. Wir sahen beide Zbigniew an der Werkbank, die Lappen, Bürsten und Schuhcremes vor sich ausgebreitet. Erst wischt er den Staub und Schmutz mit einem alten Handtuch ab. Dann taucht er Zeige- und Mittelfinger in ein Glas Nerzöl und reibt die cremige Flüssigkeit langsam in das Leder. Er wartet eine Weile und trägt dann schwarze Schuhcreme auf. Er wartet eine weitere Minute, bevor er die Stiefel mit einer weichen Bürste energisch poliert. Francesca sagte: Bitte bleiben Sie; die Kinder freuen sich bestimmt, Sie zu sehen. Ich gab ihr meinen Mantel, den sie im Flurschrank aufhängte. Sie fügte hinzu: Ich glaube, die Kinder vermissen Sie, aber ich glaube auch, dass sie sich an mich gewöhnt haben. Ihr Leben hat sich nicht verändert.

Um Punkt halb sieben kamen Anton und Dina zusammen die Treppe herunter und sagten im Vorbeigehen: Hi Mom. Zur gleichen Zeit kam Zbigniew durch die Küche, sah mich aber erst, als wir alle im Esszimmer waren. Es entstand eine leichte Verunsicherung, wo ich sitzen sollte, bis Zbigniew aufstand, mir einen Stuhl holte und ihn rechts neben sich abstellte. Dina saß zu meiner Rechten, Anton gegenüber, und Francesca auf meinem früheren Platz am Tischende nahe der Küche.

– Wie ist es dir ergangen?, fragte mich mein Mann.

– Sehr gut, danke. Ich lächelte ihm zu. Und wie ist es *dir* ergangen?

– Ich hatte eine schlimme Erkältung.

Francesca, die Teller mit Kohlrouladen verteilte, sagte: Abends habe ich ihm heißen Whiskey und Aspirin gegeben.

– Das war richtig, sagte ich. Und zu Zbigniew: Hast du die Erkältung auskuriert?

– Sie hat sich wochenlang hingezogen und mich viel Kraft gekostet: Mein Tagesablauf hat darunter gelitten. Jetzt bin ich aber wieder auf Kurs.

– Ihre Kinder, sagte Francesca zu mir, Ihre Kinder mögen keinen Kohl.

Anton und Dina unterdrückten ihr Lachen oder ihre Wut, ich war mir nicht sicher. Sie waren leise und warteten auf das Ende der qualvollen Essensstunde. Oben unter ihren Matratzen befand sich ein geheimes Lager mit Kartoffelchips und Schokoriegeln. Ihre Gesichter waren leer, ihr Blick misstrauisch – was wird wohl aus ihnen werden?, fragte ich mich.

Zum Nachtisch brachte Francesca Kekse und Pfirsiche. Die Kekse hatte ich gebacken und sie in die Tiefkühltruhe gelegt; die Pfirsiche hatte ich an einem heißen, feuchten Tag im September eingekocht. Ich fand, es war noch zu früh, um das eingemachte Obst zu öffnen: Es war für den Winter gedacht, dann könnte sein Geschmack Erinnerungen an den Sommer zurückbringen. Ich dachte: Ich habe nichts dagegen, dass du meinen Platz einnimmst; ich habe nichts dagegen, dass du für meine Kinder kochst; aber du hast kein Recht, die Pfirsiche, für die ich mich abgerackert habe, als deine auf den Tisch zu stellen.

Normalerweise werde ich nicht laut, wenn ich wütend bin. Aber die Kinder spüren immer, was ich denke; und ich weiß immer, dass sie Bescheid wissen, weil sie die Fähigkeit oder die Unschuld besitzen, ihr Unbehagen offen zu zeigen. Anton und Dina schoben beide scharrend die Stühle zurück (was war mit dem Teppich passiert?), standen auf und wichen mit gespieltem Entsetzen vom Tisch zurück, als hätte man ihnen lebendige Aale vorgesetzt. Zbigniew lachte; und obwohl sie wissen, dass dies seine Art ist, sich aus einer Sache herauszuhalten, taten sie so, als deuteten sie sein Lachen als Aufforderung. In bester Stimmung rannten sie aus dem Zimmer. Das Essen endete in dem Schweigen, das ich so gut kannte. Ich bot an, den Abwasch zu übernehmen: Geschirr spülen war eine Arbeit, die ich hasste, aber sie kam mir als willkommene Ausflucht entgegen. Francesca sträubte sich und meinte, ich sei schließlich ein Gast, es sei ihre Aufgabe, es mache ihr nichts aus, sie sehe es als Privileg, sie möge es, wenn alles seine Ordnung habe. Aber die alte Gewohnheit setzte sich durch, und ich nahm vier, fünf Schüsseln, um mein Aufstehen zu rechtfertigen. Na gut, sagte sie, aber ich solle das Geschirr nur kurz abspülen und stapeln: Sie habe ihr eigenes System beim Einräumen der Spülmaschine.

Jedes Mal, wenn ich in der Küche den Wasserhahn zudrehte, hörte ich, wie Francesca in einem unbeschwerten, geschwätzigen Tonfall Zbigniew etwas erzählte. Am Ende ihres Berichts wurde wieder geschwiegen, bis sie mit der nächsten Geschichte begann. Während der Schweigephasen trösteten mich die vertrauten Dinge um mich herum: das Muster der Tapete, das Muster der Fliesen, das Muster auf dem Geschirr. Meine Hände und Füße erledigten die Küchenarbeit wie von selbst. Ich erlebte sogar ein paar glückliche Momente, in denen ich Messer, Töpfe, Handtuch, Schürze und Besen genau dorthin zurücklegte, wo sie hingehörten. Ich arbeitete leise; meine Neugier war geweckt: Zbigniew lässt sie, genau wie mich früher, plappern, ohne sich zu dem Gesagten zu äußern; aber wenn er am Ende das Wort ergreift, nur ein einziges Mal, bevor er sich wieder seinen Zeitungen widmet, wird er dann etwas von sich geben, das mich wirklich interessiert? Was er ihr dann erzählt, habe ich schon tausendmal gehört.

– Zu meinem vierzehnten Geburtstag schenkte mir mein Großvater eine reinrassige Araberstute. Sie stammte aus einem ungarischen Gestüt namens Furioso. Diese stolzen, schönen Tiere hatten Namen, die ihrem Charakter entsprachen. Ich nannte sie Fury. Sie hatte eine hohe Schweifhaltung und war ein Schimmel mit seidig weißer Mähne, dazu große, dunkle Augen, hübsche Ohren und bebende Nüstern. Und sie war temperamentvoll. Niemand durfte sich ihr nähern, geschweige denn sie reiten. Selbst mein Großvater, ein ehemaliger Kosake und Kavallerieoffizier, hatte Angst vor ihr. Er wollte sie durch die Peitsche zum Gehorsam zwingen, aber ich bat ihn, mir die Chance zu geben, sie zu zähmen. Wir trafen eine Vereinbarung: Wenn ich sie nach einer Woche nicht reiten könnte, würde sie als Arbeitspferd benutzt werden. Ich ließ mich von einem unserer Dienstboten mit Fury in den Stall sperren. Am nächsten Morgen im ersten Tageslicht öffnete derselbe Dienstbote ängstlich das Schloss, denn er war sicher, mich zu Tode getrampelt vorzufinden. Stattdessen führte ich Fury fügsam wie einen Esel hinaus. Ich war ihr Herr. Ich nahm zweimal mit ihr an einem Pferderennen in Warschau teil. Wir gewannen. Wie ich sie bezwang? Das bleibt für immer mein Geheimnis.

– Wahrscheinlich musste jemand die Boshaftigkeit des Pferdes übertreffen, sagte Francesca.

Ihre Bemerkung beendete offenbar das Tischgespräch, denn sie kam in die Küche und schloss alle drei Türen, die hereinführten. Zbigniew war wieder im Wohnzimmer bei seinen Zeitungen. Francesca und ich setzten uns auf Hocker an der Küchentheke und sahen uns an.

Sie sagte

– Ihre Sommersachen sind in beschriftete Schachteln gepackt. Ihre weißen Sandalen sind geputzt; am ersten heißen Tag im nächsten Sommer können Sie sie tragen.

Ich sagte

– Diese langen heißen Tage. Diese langen heißen sinnlosen Wochenenden.

Sie sagte

– Zbigniew ist froh, dass ich gelernt habe, polnische Gerichte zu kochen. Kohl kann ich auf zig verschiedene Weisen zubereiten – Kohlrouladen, heiße Kohlsuppe mit Fleisch oder kalten Kohlborscht mit saurer Sahne, Krautsalat; im Keller steht ein Tontopf mit Sauerkraut.

Ich sagte

– Diese langen heißen Nächte. Ich bin mitten in der Nacht aufgewacht und habe mich auf die Veranda im Garten gelegt. Er hat sich nicht gerührt.

– Ich will lernen, französisch zu kochen und habe mich für einen Kurs angemeldet. Ich glaube, Zbigniew wird die französische Küche mögen, die Polen und Franzosen haben sich gut verstanden: Die Franzosen liebten Chopin. Zbigniew liest Baudelaire im Original. Haben Sie gewusst, dass Ihr Mann ein Buch mit französischen Gedichten geschrieben hat, *Les Illuminations d'Amour?*

– Im September bin ich jeden Tag zum High Park gefahren. Ich habe das Auto in der Nähe der Bloor Street abgestellt und bin in den Park gegangen. Überall waren Liebespaare. Auf den Hügeln in der Sonne, hinter Büschen, auf Picknicktischen. Sie sahen aus wie Ausländer. Verstehen Sie mich nicht falsch, ich meine nur, dass sie wahrscheinlich aus Ländern kamen, wo man sich nicht öffentlich küssen und umarmen darf. Vielleicht waren auch kanadische Liebespaare darunter. Ich weiß es nicht. Ich hatte immer ein Buch bei mir, das ich aufgeschlagen vor mein Gesicht hielt, damit sie mich nicht beim Starren erwischen.

– Zbigniew ist sehr klug, er spricht acht Sprachen und mehrere slawische Dialekte. Ich wollte, dass er mir beim Französischlernen hilft, aber ich glaube, ihm fehlt die Geduld, abends in zwei Sprachen zu denken, wenn er schon den ganzen Tag bei Gericht übersetzen muss. Er hat nicht gesagt, dass er mir nicht helfen will: Er hat es einfach nicht getan.

– Im Oktober war das Licht hell, die Luft trocken und frisch, das Laub raschelte unter den Füßen. Die Liebespärchen haben mich nicht gesehen. Sie hatten nur Augen füreinander.

– Vergangenen Donnerstag hatte Zbigniew einen besonders anstrengenden Tag. Ich las davon in der Zeitung. Der Angeklagte war aus Jugoslawien, seine Frau Italienerin, und die Zeugin, ihre Vermieterin, war Portugiesin. Dem Mann wurde vorgeworfen, seine Frau mit einem Knebel im Mund an einen Stuhl gefesselt zu haben, während er bei der Arbeit war. Die Vermieterin fand sie, als sie an die Tür klopfte, um sich eine Tasse Öl zu leihen. Der Richter blickte auf die Frau, die noch immer gefesselt und geknebelt vor ihm auf dem Stuhl saß, und wollte wissen, warum die Vermieterin sie nicht befreit habe. Der Übersetzer – Zbigniew! – sagte: Euer Ehren, sie sagt, es ist gefährlich, sich in die Angelegenheiten von Ehepaaren einzumischen. Sie glaubt, er muss gute Gründe dafür gehabt haben, seiner Frau das anzutun. Finden Sie heraus, befahl der Richter, warum er seine Frau fesselt und knebelt. Euer Ehren, sagte Zbigniew, er sagt, er tut es um ihretwillen, zu ihrer Sicherheit. Er sagt, sie kommt aus Genua, und jetzt treibt sie sich im Hafen von Toronto herum und spricht mit Matrosen wie früher in ihrer Heimat.

– Eines Sonntagmorgens ging ich in den Park, aber ich blieb nicht lange. Es war November, die Bäume waren kahl. Trockene Blätter wirbelten im Wind. Die Liebespärchen wirkten wie besessen: In ihren Gesichtern und in der Art, wie sie einander festhielten, lag eine Verzweiflung, die man aus klassischen Tragödien mit Liebespaaren kennt, deren Zukunft unter einem schlechten Stern steht. Es waren nicht viele Leute unterwegs; alle schienen sich in ihr Schicksal zu ergeben; die alten Männer, dass sie ihre Hunde auszuführen hatten; die Hunde wiederum ergaben sich dem Tempo der alten Männer; die Pärchen darin, schon mit einem kurzen Blick in das Gesicht des anderen und einer Berührung der Hände zufrieden zu sein; und ich mit meinen einsamen Spaziergängen. Als es zu regnen anfing, stieg ich am Eingang Howard Park in die Straßenbahn und ließ das Auto stehen. Ich ging auf der Ostseite der Yonge Street in Richtung Norden, eine Strecke, die ich früher, als ich diese Gegend noch nicht so gut kannte, oft gegangen war. Es fiel ein kalter Nieselregen. Nur wenige Fußgänger waren zu sehen. In Murray's Sandwich Emporium nahmen ein paar Leute mittleren Alters ihr Sonntagsessen zu sich – ich sah ihre Köpfe über dem Rand der kurzen Fenstervorhänge. Die Geschäfte mit ihren pseudo-exotischen Auslagen, den staubigen Schuhen und schlabbrigen Kleidern interessierten mich nicht mehr. Ein Buchladen hatte geöffnet, was ich einen Augenblick lang merkwürdig fand, bis mir einfiel, dass sich die Sonntagsschutzgesetze geändert hatten. Ich ging hinein, nahm sehr viele Bücher in die Hand und legte sie wieder zurück. Zum ersten Mal hatte ich keine Lust zu lesen. Bevor ich mich versah, war es neun Uhr. Obwohl mir kalt und ich müde und durchnässt war, wollte ich noch nicht nach Hause gehen. Auf der im Dunkeln leuchtenden Anzeigetafel des New Yorker Cinema stand in großen Buchstaben *Kinder des Olymp*. Ich ging hinein.

– Zbigniew und ich waren an dem Abend allein im Wohnzimmer. Ich fragte ihn, wie der Fall ausgegangen war. Er sagte, es sei eine schreckliche Tortur für ihn gewesen – Anweisungen vom Richter, die Mandanten redeten alle auf einmal, die Frau, die schwer zu übersetzende Obszönitäten auf Italienisch schrie, als man sie losband –, deshalb bat er darum, von dem Fall entbunden zu werden.

– Ich blieb im Kino und sah mir den Film ein zweites Mal an. Ich musste noch einmal die Szene fast am Ende sehen, als Garance und Baptiste sich umarmen und sie zu ihm sagt: *Ich habe dich nie vergessen. Du hast mir geholfen, all diese Jahre durchzustehen. Du hast mich davor bewahrt, dass ich alt und dumm und verwöhnt werde.* Und Baptiste erwidert: *Ich habe jeden Tag an dich gedacht.* Garance flüstert: *Mein Leben war so leer, und ich war so allein. Aber ich habe mir gesagt: Du hast kein Recht, traurig zu sein, du gehörst trotz allem zu den Glücklichen, weil jemand dich wirklich geliebt hat.*

– Zbigniew sagte, sein Großvater hätte gewusst, wie man mit einer widerspenstigen Frau umgeht. Dann nahm er die Reitgerte von ihrem Haken neben dem Kaminsims, schlug sich damit in die Handfläche und ließ sie dann durch die Luft knallen.

– Gegen zwei Uhr morgens kam ich nach Hause. Im Wohnzimmer brannte noch Licht. Ich sah kurz hinein, bevor ich meinen Mantel aufhängte. Zbigniew stand neben dem Kamin, die Hände auf dem Rücken. Er folgte mir die Treppe hinauf ins Schlafzimmer und hielt die Reitgerte seines Großvaters in der Hand, die immer an einem Haken neben dem Kaminsims hängt. Er sagte kein Wort. Er hob die Reitgerte. Ich senkte den Kopf und schützte mich mit den Armen.

Die Reitgerte gehörte seinem Großvater, sie ist nur ein Andenken. Zbigniew benutzt sie nie, nicht einmal bei seinem Pferd. Er hängte sie an den Haken zurück.

Ich hatte Angst. Gleichzeitig war ich mir eines Widerspruchs bewusst: Zbigniew hatte mir oft erzählt, dass er nie ein Pferd schlagen würde. Ich glaubte ihm. Ich habe nie erlebt, dass er die Beherrschung verliert. Ich fragte mich oft, was passieren würde, wenn wir uns streiten: Ich würde ihm Vorwürfe machen; vielleicht würde er mich dann schlagen – mit der Hand. Das konnte ich verstehen. Ich richtete mich auf und sah ihn an.

Es war erst Donnerstag, aber ich schlug ihm trotzdem vor, ins Bett zu gehen und sich zu entspannen, das würde ihm guttun, wir könnten uns lieben, dann könne er ruhig schlafen. Aber er wollte keine Ausnahme machen. Er sagte: Morgen habe ich einen langen Tag im Gericht. Ich muss früh aufstehen. Ich muss meine fünf Sinne beisammenhaben. Er ging wie immer nach den Zehn-Uhr-Nachrichten ins Bett.

Ich sagte

– Er schaute mich nicht an. Er schlug mich dreimal. Ich spürte die Peitsche auf meinem Gesicht, meinen Brüsten und meinen Beinen. Er sagte nichts. Wir gingen ins Bett. Wir hatten Geschlechtsverkehr wie immer am Sonntag.

Sie sagte

– Seine Weigerung war nicht gegen mich gerichtet; es war mir egal. Er ist ein ehrenhafter Mann – er hat meine Kreditkarten nie mit der Schere durchgeschnitten, wie ich es von anderen Männern gehört habe. Ich bin zufrieden. Es ist gut, dieses Leben mit einem rechtschaffenen Mann.

Ich sagte

– Rechtschaffenheit ist keine Leistung. Aber Ihnen bin ich dankbar. Sagen Sie, wie schnell sind Sie eingezogen, nachdem ich weg war?

– Sie haben die Tür nicht abgeschlossen. Ich war hier, als Zbigniew von der Arbeit zurückkam.

– Dann war er trotz allem fähig, seinen Terminplan einzuhalten?

– Auf die Minute.

Ich lauschte wieder den Geräuschen im Haus. Oben hörte ich die schnellen Schritte der Kinder; eine Tür fiel zu, dann noch eine. Wir hörten beide das (erwartete) Klicken des Badezimmerschlosses, was hieß, dass Zbigniew nun sein Bad nahm. Francesca und ich schauten gleichzeitig auf die Uhr an der Wand. Ein Gefühl der Gemeinschaft entstand zwischen uns, wir wurden mehr oder weniger eins im Geiste. Ein Nicken, ein Blick, und wir einigten uns stillschweigend darauf, dass wir, weil es halb zehn Uhr am Sonntagabend war, wie Zwillinge nach oben gehen und unseren Mann im Bett erwarten würden. Zbigniew hatte offenbar auch ihr ausdrückliche Anweisungen gegeben; sie öffnete das Gefrierfach oben im Kühlschrank, holte eine Flasche Wodka heraus, schenkte ein Glas voll, stellte die Flasche zurück. Sie wird das Glas ins Schlafzimmer mitnehmen, und wenn sie das Badewasser im Zimmer nebenan abfließen hört, wird sie sich vor die Badezimmertür stellen, die sich einen Spaltbreit öffnen wird, und es ihm durch die Öffnung reichen. Das Glas wird ihr von seiner (nicht sichtbaren) Hand abgenommen. Ich wiederum bin jetzt aus reiner Gewohnheit versucht, ihr den Wodka abzunehmen und ihn selbst nach oben zu bringen. Die Langeweile durchgeplanter Abläufe ist durchaus reizvoll. Und so erwischt mich Francescas Einladung, die Nacht bei ihnen zu verbringen, in einem willenlosen Zustand. Es wäre eine Wohltat, in ein vertrautes Bett zu fallen. Meine Zustimmung zu bleiben entspringt hauptsächlich meiner Unentschlossenheit.

Das Schlafzimmer ist renoviert worden. Offenbar wollte man die Anmutung eines Liebesnests schaffen, auch wenn das Dekor etwas übertrieben wirkt: Überall ranken sich rosa Rosen an blauen Gittern entlang: an den Wänden, auf den Vorhängen, der Bettdecke und den Kissenbezügen. Ich denke: Näher werde ich einem Bett aus Rosen wohl nie kommen. Das breite Doppelbett nimmt fast das gesamte Zimmer ein, nur der Luftraum und ein paar Stellen zwischen Kommoden und Nachttischen sind frei von künstlichen Rosen. Ich ziehe neutrale Streifen und geometrische Muster vor. Ob meine Zahnbürste wohl noch in ihrem Halter steckt? Um es herauszufinden, werde ich warten müssen, bis Zbigniew fertig ist. Es kann gut sein, dass ich gar nicht zum Zähneputzen komme, wie so oft am Sonntagabend, wenn ich es nicht vor seinem abendlichen Ritual erledigt hatte. Ich finde ein sauberes Nachthemd an seinem gewohnten Platz in der linken Ecke der unteren Kommodenschublade. Als Francesca mit dem Wodkaglas in der Hand hereinhuscht, sieht sie aus wie eine Krankenschwester, die mit den Medikamenten für die Nacht ihre Runde dreht. Wir lauschen dem gurgelnden Badewasser im Abfluss, hören das Schloss klicken und sehen die sich leicht öffnende Tür. Francesca reicht das Glas durch die Öffnung und zieht ihre leere Hand zurück.

Ich lege mich auf meine gewohnte Bettseite nahe der Tür, weil ich dann jederzeit aus dem Bett schlüpfen kann, falls ich es aus dem einen oder anderen Grund für nötig befinden sollte. Francesca steht vor mir in einem meiner Nachthemden, das, wie schon das Kleid, sackartig an ihr herunterhängt, ohne eine Wölbung irgendwo. Sie gibt mir durch Gesten zu verstehen, dass ich in der Bettmitte neben Zbigniew schlafen soll, worauf ich ihr, ebenfalls mit Hilfe von Gesten, andeute, dass ich bleiben möchte, wo ich bin. Sie kommt ins Bett, schüttelt ihr Kissen auf, gähnt und lässt das Gähnen in einem zufriedenen Seufzen enden. Im selben Moment ist meine unausgesprochene Frage beantwortet: Sie ist absolut anpassungsfähig. Sie ist nicht schön oder gar gutaussehend; ihre Attraktivität liegt vermutlich in einer Art schlichter Willigkeit, einer Nachgiebigkeit, die keine Zweifel kennt. Nach einer Weile erscheint Zbigniew in seinem blauen Bademantel. Er steht auf seiner Bettseite mit der Hand auf dem Lichtschalter. Er sieht durchaus freundlich in meine Richtung und wartet, wie es scheint, dass ich etwas sage, wartet aber nur kurz, dann löscht er das Licht und zieht in der Dunkelheit seinen Bademantel aus (ich erinnere mich).

Zbigniew hat sich nie jemandem nackt gezeigt. Und als er unter die Decke schlüpft, ziehen und zupfen wir alle drei ein bisschen daran, um sie gerecht zwischen uns aufzuteilen. Aber das Zimmer ist nicht vollkommen dunkel; er hat vergessen, die Jalousien im Ankleidezimmer herunterzulassen, die das Licht von der Straßenlaterne verbergen. Im Halbdunkel kann ich die Konturen neben mir erkennen. Als die beiden sich rühren, frage ich mich, ob er angefangen hat, ihr den Rücken zu streicheln. Obwohl ich nicht (mehr) direkt neben ihm liege, rieche ich seinen Stallgeruch, ein nicht unangenehmer Duft, der sich trotz seines ausgedehnten Bades hält – ein Geruch, den ich im Laufe der Zeit damit verband, dass er mir mit seinen Knien die Beine spreizte und unverzüglich in mich eindrang. Die Matratze wogt, und ich stelle mir vor, dass Zbigniew jetzt in ihr ist. Ich schließe die Augen. Jetzt wird er sich auf die rechte Seite wälzen, dabei in ihr bleiben und ihr linkes Bein mit seinem eisernen Schenkel knebeln, sodass sie sich selbst im erregten Zustand nicht bewegen kann. Jede andere Berührung zwischen ihnen ist rein zufällig: Er wird sie nicht liebkosen oder küssen. Er wird sie mit gemächlicher Bedächtigkeit ficken, manchmal innehalten und dann weitermachen. Ob meine Anwesenheit ihre Leidenschaft steigert, kann ich nicht sagen. Ich weiß nur, wenn ich eingekeilt unter ihm lag, machte er dieselben kleinen Bewegungen und schwieg. Während ich mir die beiden zusammen vorstelle, drängt sich mir das hartnäckige Bild von Zbigniew auf seiner Stute auf, und ich werde wütend: Warum kann (will) er nicht so kraftvoll sein und dasselbe Stehvermögen bei Francesca aufrechterhalten wie bei seiner Stute!

Wider meinen Willen überwältigt mich eine schmerzliche Lust. Doch mein plötzliches Verlangen gilt nicht Zbigniew. Unter meinen Augenlidern beschwöre ich Coenraad herauf. Er taucht vor mir auf, nackt und herrlich. In diesem großen Bett kann ich meine Beine spreizen, ohne jemanden zu berühren. Plötzlich weicht das Bild meines Geliebten dem von Andy, ebenfalls nackt und herrlich. Als ich die Beine für ihn öffne, verschwindet auch er, und vor meinem geistigen Auge dringt eine goldene Wespe in die purpurrote Blüte einer Orchidee ein. Ich lege einen Arm über meine Augen und die andere Hand zwischen meine Beine. Als ich komme, unterdrücke ich das Stöhnen, das mich verraten könnte. Ungewöhnlich daran ist, dass ich zum ersten Mal gleichzeitig mit meinem Mann zum Höhepunkt komme. Ich merke, dass er sich von ihr weggedreht hat; wir liegen ganz still da.

Während Zbigniew schlief, schlüpften Francesca und ich aus dem Bett. Mein schlichtes schwarzes Kleid, das ich vorher über eine Stuhllehne geworfen hatte, ließ ich zurück. Ich nahm meine Perlenkette von der Kommode. Auf dem Weg nach draußen griff ich in den Schrank neben der Tür und fand trotz des schwachen Lichts ein bestimmtes Seidenkleid, zwar eher für den Frühling geeignet, aber ich wollte es gern mitnehmen. Das abstrakte Muster mit roten, blauen und gelben Strichen auf grünem Hintergrund hatte mich damals beim Kauf an Gemälde von Hundertwasser erinnert. In der Zwischenzeit suchte Francesca unaufgefordert den Rest meiner Sachen zusammen. Es war noch nicht sehr spät; unter Dinas und Antons Türen schimmerten Lichtstreifen hindurch. Ich verharrte einen Augenblick lang im Flur und ging dann traurig die Treppe hinunter. In meinem Brief werde ich versuchen zu erklären, warum ich ihnen keinen Gutenachtkuss geben konnte.

Im Flur reichte mir Francesca meinen Mantel und sagte:

– Sie müssen nicht eifersüchtig sein. Ich komme nie zum Orgasmus.

– Ich muss trotzdem gehen, erwiderte ich. Möchten Sie meine Perlenkette?

Sie hielt die Kette ins Licht.

– Sie ist wunderschön. Danke.

– Sie verstehen sicher, dass ich nicht mehr hierher gehöre.

– Ja, natürlich. Ich rufe ein Taxi. Ich hoffe, Sie wissen, was Sie tun – einen so anständigen Mann werden Sie nie wieder finden.

– Engstirnige Tugendhaftigkeit widert mich an.

– Wenn Ihnen das Leben so mitgespielt hätte wie mir, würden Sie es sich noch einmal überlegen.

Da musste ich zum ersten Mal in diesem Haus laut lachen.

Mein Fahrer sagte, am Sonntagabend möge er die Yonge Street besonders gern, weil kaum Verkehr herrsche. Er saß mit leicht zurückgeneigtem Kopf am Steuer, um mir vermutlich anzudeuten, dass er mir zuhören würde. Ich kauerte auf der Rückbank rechts in der Ecke, unfähig, ein Wort hervorzubringen. In der Castlefield Avenue gab er die Hoffnung auf ein Gespräch auf, denn er saß nun kerzengerade hinterm Steuer. Auf den Straßen war nichts los; die kleinen Geschäfte waren geschlossen, nur die Reklametafeln leuchteten hell; und in der Bloor Street stand noch immer *Kinder des Olymp* auf der Leuchttafel. Die unsichtbaren Menschenmassen vertrieben sich heute Abend irgendwie die Zeit, bis sie am Montagmorgen wieder auf die Straßen und Gassen strömten. Während wir durch die Stadt fuhren, dachte ich: Die Stadt dort draußen ist einfach weiter nur die Stadt, mehr oder weniger verführerisch, mehr oder weniger tröstlich. In dieser Stadt, beschloss ich, werde ich weiterhin spazieren gehen. Ich werde leichten Schrittes am See entlang durch die alten Straßen und in neue Viertel gehen, um die Gepflogenheiten der Leute zur Kenntnis zu nehmen. Aber ich werde nicht mehr versuchen, meinen Geliebten zu finden.

Ich glaube, Coenraad wird mir fehlen. Mir wird die Freude fehlen, wenn er kommt; unsere qualvollen Abschiede werde ich dagegen nicht vermissen.

Aber die Flughäfen werden mir fehlen. Obwohl die Zeit, bis das Gate öffnet, tote Zeit ist; obwohl ich mir, wenn ich eine oder sechs Stunden auf meinen Flug warte, wie ein

Lungenfisch vorkomme, der während der Trockenzeit im Lehm eingeschlossen ist; obwohl ich erst wieder auflebe, wenn mein Flug aufgerufen wird – wird mir die Vorfreude fehlen, in eine Maschine zu steigen, die mich zu Coenraad bringt. Mir wird die Fahrt vom Flughafen in die Stadt fehlen, auf der ich mir beide Straßenseiten am liebsten gleichzeitig betrachten würde, weil dort Häuser stehen, wie ich sie noch nie gesehen habe. Mir wird die Faszination einer fremden Stadt fehlen, besonders wenn sie bei Nacht unter mir wie ein anderes, von künstlichen Sternen erleuchtetes Firmament erscheint.

Am meisten aber werden mir die Bahnhöfe am Morgen fehlen, wenn die ersten Sonnenstrahlen schwache Schatten werfen oder, im grauen Norden, gar keine Schatten; die Paläste mit ihren gigantischen Kuppeln und nummerierten Gleisen, den alten dampfschnaubenden Eisenloks; die Imbissbuden, Rotwein aus dem Fass, Baguettes und Käse; Gepäckträger, Verkäufer, Frauen und Kinder, Gepäckwagen, Lautsprecher; alles, wirklich alles, was im unheimlichen grünen Licht das Gefühl in mir weckt, der Traum der vergangen Nacht hätte von vorne begonnen; die Tränen, das Lächeln, die älteren Leute, die zu früh am Zug sind; der verlassene Teddybär eines Kindes auf einer Bank.

Mir wird nicht fehlen, eine Fremde zu sein, von der man nichts will und nichts erwartet.

Das Klicken und Schaben der Scheibenwischer holte mich zurück. Ein Schneesturm war aufgezogen, schwere weiße Flocken trieben gegen die Scheinwerfer. Wir waren in der Elm Street. Dann sah ich Andys erleuchtetes Dachzimmer, die Glasfront hob sich gelb schimmernd vor dem Nachthimmel ab. Ich kam mir vor wie ein Spieler, der in seiner Tasche ein paar vergessene Münzen findet, mit denen er im

Spiel bleiben kann. Halten Sie hier an, sagte ich. Ich wartete ein paar Sekunden. Dann spürte ich etwas Ähnliches wie Entschlossenheit in mir wachsen, die Entschlossenheit, nicht mehr zu warten. Vielleicht war es riskant. Ich zahlte das Fahrgeld, überquerte die Straße und fing an zu laufen. Die Luft tat gut. Mir fiel ein, dass Luft sich mit dem ersten Schnee verändert. Ich fror in meinem dünnen Frühlingskleid und dem leichten Mantel, aber diesmal war mein Weg ausnahmsweise nicht weit.

LESEN SIE WEITER

Katharina Mevissen   Ich kann dich hören   *Roman*

Osman spielt. Er soll es regnen lassen, doch seine Musik lässt sich nicht erweichen. Und daran ist sein Vater nicht allein schuld. Sehr vieles gerät erst in Bewegung, als er hört, was nicht für seine Ohren bestimmt war.

Quart*buch*. Gebunden mit Schutzumschlag. 168 Seiten
Auch als E-Book erhältlich

Fernanda Melchor   Saison der Wirbelstürme   *Roman*

Die Hexe ist tot, ermordet – aber hat sie's nicht genau so gewollt? Sprachgewaltig, schmutzig und mit der Sogkraft eines Wirbelsturms schreibt Fernanda Melchor, eine der wichtigsten jungen Stimmen Lateinamerikas, über die viel zu alltägliche Gewalt gegen Frauen.

Aus dem mexikanischen Spanisch von Angelica Ammar
Quart*buch*. Klappenbroschur. 240 Seiten. Auch als E-Book erhältlich

Francesca Melandri   Alle, außer mir   *Roman*

Der große Roman der römischen Autorin Francesca Melandri: eine Familiengeschichte, ein Porträt Italiens im 20. Jahrhundert, eine Geschichte des Kolonialismus und seiner langen Schatten, die bis in die Gegenwart reichen.

Aus dem Italienischen von Esther Hansen
Quart*buch*. Gebunden mit Schutzumschlag. 608 Seiten
Auch als E-Book erhältlich

Josepha Mendels   Du wusstest es doch   *Roman*

Josepha Mendels führte ein für damalige Verhältnisse beispiellos unabhängiges Leben und setzte mit der Figur der Henriëtte allen frei denkenden, fühlenden und handelnden, ebenso verrückten wie lebensklugen Frauen ein Denkmal.

Aus dem Niederländischen von Marlene Müller-Haas
Quart*buch*. Gebunden mit Schutzumschlag. 192 Seiten
Auch als E-Book erhältlich

STARKE FRAUEN IM *SVLTO*

Rachel Ingalls Mrs. Calibans Geheimnis

Das Monster kommt durch die Hintertür. Es liebt Avocados, das Meer und Fernsehen. Und vor allem ist es unverschämt attraktiv. Ein Monster? Nennen wir es einfach Larry.

Aus dem Englischen von Werner Löcher-Lawrence
SVLTO. Rotes Leinen. Fadengeheftet. 144 Seiten

Anne Wiazemsky Paris, Mai '68 *Ein Erinnerungsroman*

Für die junge Schauspielerin ist alles neu: ihre plötzliche Berühmtheit und die Ehe mit Jean-Luc Godard, die Welt ihres Mannes und die Themen, die Studenten, Arbeiter und Intellektuelle auf die Barrikaden treiben.

Aus dem Französischen von Jan Rhein
SVLTO. Rotes Leinen. Fadengeheftet. 168 Seiten

Djuna Barnes Solange es Frauen gibt, wie sollte da etwas vor die Hunde gehen? *8 Portraits*

Acht Portraits von selbstständigen, selbstbewussten und unabhängigen Frauen, die »leichter eine Gewohnheit durchbrechen als eine annehmen«.

Aus dem Englischen von Karin Kersten
SVLTO. Rotes Leinen. Fadengeheftet. 96 Seiten

Vita Sackville-West Zwölf Tage in Persien

Reise über die Bakhtiari-Berge

Vita Sackville-West, die englische Exzentrikerin, ist mit ihren Büchern über die Gartenkunst bis heute weltberühmt. Klassiker sind aber auch ihre Reportagen über die vielen Reisen, die die neugierige und weltoffene Globetrotterin unternahm.

Aus dem Englischen von Irmela Erckenbrecht
SVLTO. Rotes Leinen. Fadengeheftet. 144 Seiten mit Fotografien

KANADISCHE LITERATUR BEI WAGENBACH

Colin McAdam Eine schöne Wahrheit *Roman*

Ein hochaktueller Roman über die fließende Grenze zwischen Mensch und Affe, über phantasievolle Kommunikationsformen, über die Sehnsucht, irgendwo dazuzugehören, und über den unbedingten Willen zu überleben.

Aus dem Englischen von Eike Schönfeld
Quart*buch*. Gebunden mit Schutzumschlag. 336 Seiten
Auch als E-Book erhältlich

Timothy Brook Wie China nach Europa kam

Die unerhörte Karte des Mr. Selden

Wer China heute verstehen will, der muss den Blick zurück an den Beginn seiner Machtentfaltung richten, den Moment, als China mit der modernen Welt in Berührung kam. Diesen tiefgreifenden Wandel bildet eine unglaubliche, 2009 wiederentdeckte Karte voller faszinierender Details ab.

Aus dem Englischen von Robin Cackett
Gebunden mit Schutzumschlag. 240 Seiten mit vielen Abbildungen

Ryad Assani-Razaki Iman *Roman*

Ein hochaktueller, aufwühlender Roman über das Leben dreier Straßenkinder in Afrika. Ein Buch über Freundschaft und Liebe, Hass und Verrat. Assani-Razaki zeigt unvergesslich, was Menschen dazu bewegen kann, alles hinter sich zu lassen und ihr Leben einem Boot zu überantworten, mit Kurs auf Europa.

Aus dem Französischen von Sonja Finck
WAT 750. Broschiert. 320 Seiten

Verlag Klaus Wagenbach Emser Straße 40/41 10719 Berlin
www.wagenbach.de vertrieb@wagenbach.de

Die kanadische Originalausgabe erschien 1980 unter dem Titel *Basic Black with Pearls* bei House of Anansi Press in Toronto.

We acknowledge the support of the Canada Council for the Arts. Nous remercions le Conseil des arts du Canada de son soutien. Wir danken dem Canada Council for the Arts für die Unterstützung der Übersetzung.

Canada Council for the Arts Conseil des arts du Canada

Verlag Klaus Wagenbach, Emser Straße 40/41, 10719 Berlin
www.wagenbach.de
Umschlaggestaltung Julie August unter Verwendung einer Illustration von Cartera dezzima / Shutterstock. Gesetzt aus der Calisto und der Berliner Grotesk. Einband- und Vorsatzmaterial von peyer graphic, Leonberg. Gedruckt auf Schleipen und gebunden bei Pustet, Regensburg.Printed in Germany.

ISBN 978 3 8031 3308 3